전학일기

① 수박 서리

전학일기

① 수박 서리

ⓒ 한즈, 2023

초판 1쇄 발행 2023년 4월 26일

지은이   한즈
펴낸이   이기봉
편집   좋은땅 편집팀
펴낸곳   도서출판 좋은땅
주소   서울특별시 마포구 양화로12길 26 지월드빌딩 (서교동 395-7)
전화   02)374-8616~7
팩스   02)374-8614
이메일   gworldbook@naver.com
홈페이지   www.g-world.co.kr

ISBN   979-11-388-1828-5 (03810)

전학일기

1 수박 서리

한즈 지음

좋은땅

이 이야기를,

세상의 모든 어린이들과,

어린이인 적이 있었던 분들께 바칩니다.

목차

전학 3일째

역시 잘한 일이지?

사나이로 태어나서 한 번쯤은 해 보는 것도 괜찮겠지?

아니야, 괜히 우물쭈물 그냥 넘어갔었나 봐.

가지 않겠다고 딱 부러지게 말할 걸 그랬나 봐.

기대 반 후회 반으로,

하루 종일 가슴이 두근거린다.

무슨 일이냐고?

휴~~.

수박 서리…….

그러니까 도둑질이나 다름없는 수박 서리를 가기로 덜컥 약속해 버렸기 때문이다. 그것도 당장 오늘 밤에.

아니, 뭐라고? 이제 겨우 1학년인데?

그래. 다 좋은데, 바로 그게 문제다.

아직은 내가 키도 조금 작고.
세상 경험도 약간은 부족하고.
서리에 대해서는 별로 아는 게 없는.
1학년에 불과하다는 것.

곰곰이 생각해 보면 서리도 종류가 참 많다. 뭐든지 꽁무니에 '서리' 자만 갖다 붙이면 되니까.

수박 서리, 참외 서리, 땅콩 서리, 콩 서리, 밀 서리, 보리 서리, 감자 서리, 고구마 서리, 옥수수 서리, 감 서리, 살구 서리, 과수원 서리 그리고 닭서리에 돼지 서리까지.

아닌가? 돼지는 너무 큰가?

어찌되었든 그동안 그렇게 서리라는 말은 여러 번 주워들어 본 적이 있었지만, 실제로는 구경도 못 해 봤고 어떻게 하는 것인지도 모른다.

아무리 천재라 한들, 해 보지도 않고 세상사 모든 것을 다 알 수는 없는 일이니까.

단지 내가 아는 것은 그게 남의 것을 훔치는 도둑질이라는 것과, 붙잡혀서 맞아 죽지 않으려면 지금보다 키가 훨씬 더 커야 한다는 것이다.

다시 말해서 모든 일에는 다 때가 있는 법인데, 적어도 3~4학년쯤은 되어야지 아직은 시기상조라는 말이다.

뭐, 그동안 나에게 무척 어른스럽다거나.
100년에 한 번 날까 말까 한 비범한 천재라거나.
나중에 기어코 큰 인물이 되고야 말 거라는 사람들도 간혹 있긴 있었다.

하지만 그건 어디까지나 친한 엄마들끼리 서로 짜고서 주고받는 립 서비스이었을 뿐이었다.

만약 내가 혼자 있을 때 그런 말을 하는 사람이 있다면?

그 사람은 유괴범이거나 사기꾼이라고 봐야 한다.

철없는 내가 어른스럽다니.
어린 나이에 수염이라도 났다는 말인가?

그렇게 비범한 천재라면,
왜 아직 구구단도 제대로 모를까?

나중에 큰 인물이 될지 안 될지는,
그때 가 봐야 아는 일이 아닌가?

물론 내가 똑똑하고 천재성이 있다는 건 나도 인정한다.

비록 그것이 착각이거나 터무니없는 망상이라 할지라도, 그런 자부심도 없이 무슨 희망으로 세상을 살아가나? 다 자기 잘난 맛에 사는 건데.

다만, 그렇다 해도 나는 아직은 떡잎에 불과하다는 말이다.

하루… 이틀… 사흘….

그러니까 여기 학교로 전학을 온 지 오늘로 사흘째다.

3일밖에 안 되는데 뭘 손가락까지 동원하느냐고?

오, 이사를 다녀 보지 않은 사람은 그렇게 말할 수도 있겠지.

그렇지만 새로운 행성에 도착하면 거기에 적응하느라 한동안은
정신이 오락가락할 정도로 바쁘기 마련이다.

해야 할 일이 너무 많다 보니 하루하루가 일주일이나 한 달처럼
아주 길게 느껴진다는 말이다. 그러니 손가락이 필요할 수밖에.

아, 그런데 정말 이상한 것은, 분명히 하루하루가 그렇게 아주
천천히 흘러가는데도 불구하고 어느 날 문득 뒤를 돌아보면 무지
빨리 지나갔다는 느낌이 든다는 것이다.

예전에는 세월이 빠르다는 말이 무슨 말인가 했었는데, 나이가
좀 드니까 이제야 이해가 된다.

그러니까….

아마도 과거는 빠르고, 현재는 느리다는 뜻이 아닐까?

그럼 미래는 어떻게 되나?

글쎄? 아직 미래는 한 번도 경험해 보지 못했고, 미래에서 온 사람을 만나 본 적도 없으니 알 수가 있나?

아직도 세상에는 내가 모르는 게 많지만 그리 조급해하지는 않으려 한다. 세월이 흐르면 자연스럽게 알게 되겠지.

돌이켜 보면, 아리송한 내 어릴 적 기억에 이사는 심심치 않게 있는 일이었다.

하지만 학교를 옮겨야 하는 전학은 이번이 처음이었을 뿐만 아니라 너무나 갑작스럽게 닥쳐 온 일이기도 했다.

때문에 이것저것 따지거나 생각해 볼 만한 여유라고는 전혀 없었다.

그저 선생님께서 시키는 대로 교단에 올라 꾸벅 인사만 하고는 어디로 가는지도 모르고, 왜 가는지도 모르고 엄마, 아빠를 따라

무작정 여기로 오게 된 것이다.

그런데 다음 날 아침 눈을 뜨자마자 엄마 손에 이끌려 부랴부랴 새로운 학교에 가 보았더니 놀랍게도 마침 그날이 방학식을 하는 날이었고 곧바로 방학이 시작된다는 것이었다.

여름이니까 여름 방학.

다른 아이들이야 모두들 교실이 떠나갈 듯 환호성을 지르며 좋아했지만 나는 어리둥절하기만 했을 뿐 꼭 좋은 일만은 아니라는 것을 직감할 수 있었다.

물론 방학이니까, 특히 내 인생의 첫 방학이니까 좋기는 했지만, 그렇게 숨 쉴 틈도 주지 않고 방학을 해 버리면 나는 어쩌라는 것인가?

반 편성도 어리둥절하기는 마찬가지였다.

"네가 그렇게 갑자기 전학을 오는 바람에 오늘은 임시로 반 편성이 된 거야. 그러니까 방학이 끝나고 나면 다른 반으로 바뀔지도 몰라. 무슨 말인지 알겠지?"

그날 선생님께서는 그렇게 수차례에 걸쳐 애써 강조를 하시었는데.

그 말씀이 나에게는 방학이 끝나고 나면 반이 바뀌고야 말 거라고, 그래서 다시는 서로 볼일이 없을 거라는 뜻으로 다가오는 것이었다.

그 때문이었을까?

내 소개도 해 주지 않고, 자리도 정해 주지 않고, 인사할 기회도 주지 않으셨다.

그저 선생님께서 손가락으로 멀리 가리키시는 대로, 마치 벌이라도 서는 것처럼 뒤쪽에 어정쩡하게 한참을 서 있었을 뿐이었다.

선생님의 손가락이 혹시라도 빈자리를 가리키는 것인지 두 눈을 치켜뜨고 두리번거려 보았지만, 아무리 살펴봐도 나를 위한 빈자리는 없었다.

여기는 어디인가?
왜 이렇게 벌을 서고 있어야 하나?

저 수많은 자리들 중에 왜 내 자리는 없는 것인가?

오늘 결석한 녀석도 없나?

가슴이 저려 오며 진땀이 흐르고 숨쉬기가 점점 어려워지고 있었다.

언제부턴가 불안하고 초조하면 그런 증상이 나타나는데, 나만 그런 것인지 다른 아이들도 다 그런 것인지는 모른다.

다만 그럴 때는 달리기를 하면 해결된다. 하지만 그런 상황에서 밖으로 달려 나갈 수는 없는 일이었다.

그래도 사람이라는 게 다 살게 되어 있는 법.

이건 내가 직접 개발한 건데, 달리기를 할 수 없다면 차선책으로 숨을 참으면 된다.

이열치열. 숨이 막혀 오기 시작하면 오히려 내 의지로 숨을 참는 것이다.

나는 두 눈을 꼭 감고서 하늘이 노래지고 세상이 빙빙 돌 때까지 반복해서 숨을 참고 몰아쉬기를 계속했다.

 저절로 시작되는 공상.

 선생님이 마귀로 변하고.
아이들도 따라서 좀비들로 변신한다.

 모두들 괴성을 지르며 나에게 달려든다.

 상상 속의 세상은 내 맘대로 진행되지 않으며.
내 의지로 멈출 수도 없다.

 다만, 눈을 뜨면 끝이 난다.
살려면 눈을 번쩍 떠야 한다. 지금 당장.

 어렵게 눈을 떴지만 아무도 보이지 않는다.
아무런 소리도 들리지 않는다.
내 앞에 방학책만 달랑 남겨 둔 채 모두 떠났다.

 사람들은 나에게 아무런 관심도 없었으며, 그저 그렇게 선생님
과 아이들이 모두 나가고 난 뒤에 맨 마지막으로 혼자서 쓸쓸히

교실을 빠져나왔을 뿐이었다.

아무리 그래도 어떻게 이럴 수가 있단 말인가?

방학이 끝나고 나면 반이 바뀔지도 모른다지만, 최소한 내 소개는 해 줬어야 하는 거 아닌가?

처음 보는 외계인이라지만, 방학인데 서로 인사라도 나누고 헤어졌어야 하는 거 아닌가?

아마 선생님도 아이들도 모두 나의 존재를 잊은 것 같았다. 아니면 내가 잠시 투명 인간이 되었거나.

나는 내가 보이는데 그들은 왜 나를 보지 못하는 것일까?

물론 방학이 가까웠다는 것도 알고 있었고 손꼽아 기다리고 있었던 것도 사실이었다.

하지만 불과 며칠 전까지만 해도 내 첫 방학을 이렇게 홀로 맞이하게 되리라고는 상상조차 하지 못했었다.

학교에 입학을 하고 나면 더 이상 이사를 하지 않아도 될 거라고.

졸업을 할 때까지 전학은 절대 없을 거라고.

왠지 모르지만 막연히 그렇게 기대를 하고 있었기 때문인지도 모른다.

아니, 솔직히 아예 전학이라는 제도가 있는 줄도 모르고 있었다.

그러나 전과 달라진 건 아무것도 없었다.

그런데 그날 교실에서 나와 집으로 가려고 털레털레 교문 쪽으로 가 보니, 웬일인지 아이들이 도착하는 순서대로 길게 줄을 서고 있는 것이었다.

무슨 일일까? 혹시 교장 선생님께서 교문을 가로막고 학생들과 일일이 악수를 하고 있는, 그런 아무런 영양가도 없는 상황은 아니겠지?

취미 생활도 좋지만 단지 헤어지기 섭섭하다는 이유만으로 수많은 학생들에게 이렇게 막대한 피해를 줄 리는 없지 않겠나?

우리가 어디 멀리 가는 것도 아니고 아주 영원히 헤어지는 것도 아닌데.

그렇다면 혹시 방학 기념으로 선물을 나누어 주는 게 아닐까?

그래! 그런가 보다. 첫 방학이라 관례는 잘 모르겠지만 아무리 생각해 봐도 그것 말고는 달리 그럴듯한 이유가 생각나지 않는다.

백번을 양보해서 선물은 아니라 할지라도 최소한 무언가 공짜로 나누어 주는 것만은 틀림이 없는 것 같다.

그러니까 모두들 저렇게 순한 양들처럼 착한 척하며 고분고분 줄을 서는 것이겠지.

그럼 나처럼 오늘 갓 도착한 싱싱한 학생도 해당이 되는 것일까?

물론 그렇겠지만 그래도 혹시 모르니까 절대로 전학생티를 내지는 말아야지.

줄이 쉬 줄어들 기세는 아니지만….

선물을 준다면 굳이 사양해야 할 특별한 이유도 없고, 집에 가려면 어차피 교문을 통과해야 하니 어쩔 수 없이 같이 줄을 서서 기다려 주는 수밖에.

하긴 이처럼 기나긴 방학에 들어가는 마당에 주는 선물도 마다하고 그냥 떠난다면 그건 스승님의 마음을 몹시도 아프게 하는 짓이겠지.

그렇다면 기왕이면 서둘러야겠다.

두 개씩 받아 가는 욕심쟁이들이 있을 수도 있고, 이런저런 이유로 중간에 선물이 떨어질 수도 있는 일이고, 앞에서 좋은 것만 골라 간다면 나중에는 쓸모없는 것들만 남아 있을 수도 있을 테니까.

이거 내가 너무 심하게 공짜를 밝히는 건 아닌가? 공짜를 좋아하면 머리가 벗겨진다는 말이 있던데.

만약 그 말이 진짜라면 나뿐만 아니라 전교생이 몽땅 대머리가 될 텐데 그리되면 이발관 주인은 뭐 해서 먹고사나?

아! 가발 장사를 하면 되겠구나.

내가 걱정하지 않아도 사람이라는 게 다 먹고살게끔 되어 있구나.

생각지도 않게 뭔가 괜찮은 게 얻어걸릴지도 모른다는 막연한 기대와 함께, 설레는 마음으로 앞선 아이들을 따라 한 발 한 발 전진해서 드디어 교문 가까이에 다다랐는데.

으헉!
오~~ 이게 웬 청천벽력 같은 일이란 말인가?

예방 주사

파란 천막 아래 하얀 가운을 입은 어른들이 테이블을 하나씩 차지하고 앉아서 땀을 뻘뻘 흘리며 예방 주사를 마구 찌르고 있는 게 아닌가?

머리카락이 쭈뼛 일어서고 등줄기에 소름이 쫙 돋으며 오줌이 찔끔 나온다.

선물은 고사하고 내가 제일 무서워하는 예방 주사라니?

그것도 교실이나 강당도 아니고 천막이라니?

땡볕은 그렇다손 치더라도 소나기라도 왕창 쏟아지면 줄을 서 있는 학생들은 어쩌라고?

오늘이 방학식이라 시간에 쫓겨서 그런 것일까?

미리미리 좀 서두를 것이지 하필이면 왜 마지막 날이란 말인가? 하루만 더 빨랐더라도 나는 무사할 수 있었을 텐데.

그러나저러나 이러고 있을 시간이 없다. 이제 내 차례가 얼마 남지 않았다.

어수선한 틈을 노려서, 슬그머니 게걸음으로 줄을 빠져나와 얼굴을 잔뜩 찡그린 채 열심히 팔을 문지르며 교문으로 향했다.

그런데 막 교문을 통과하려는 순간, 그 앞을 지키고 있던 누군가에게 그만 멱살을 붙잡히고 말았다.

발버둥을 치면서 악을 쓰며 저항을 했지만 아무도 내 깊은 뜻을 이해하려는 사람은 없었고, 말을 하고 싶어도 그럴 수가 없는 지경이 되고 말았다.

누군가 억세고 짤짤한 손으로 내 입을 강제로 틀어막았기 때문이었다.

결국 나는 멱살과 팔을 붙잡힌 채 강제로 예방 주사를 맞을 수밖에 없었다. 덤으로 꿀밤까지 얻어맞으며.

휴~ 어째 이런 일이?

떠나기 직전에 저쪽 학교에서 예방 주사를 맞았으니 삼일 만에 두 번씩이나 맞은 것이었다.

이게 잘된 일일까? 잘못된 일일까?

한 번도 아니고 연속적으로 두 번을 맞았으니 앞으로 늙어 죽을 때까지 전염병에 걸릴 일은 없겠구나.

집으로 오자마자 제일 먼저 연필을 꺼내어 방학책 표지에다가 '2반'이라고 적어 놓았다.

혹시 나중에 몇 반인지 잊어 먹으면 곤란하니까.

하지만 개학을 하면 반이 바뀔지도 모른다고 했으니 조그맣게 작은 글씨로.

학교 이름?

학교 이름은 적지 않았다. 언제 또 전학을 갈지 모르니까.

그런데 학교 이름이 뭐더라?

그러고 보니 학교 이름도 아직 모르고 있구나.

아닌데, 분명히 듣기는 들었는데?

잠깐! 2반이 아니라 1반이었던가?

이거 벌써 헷갈리다니?

그러고 보니 아까부터 정신이 몽롱한 게 예방 주사의 부작용이
아닌가 모르겠다.

주사 맞을 때 부작용이 나타나면 위험하니까 빨리 신고하라고
했는데.

방학인데 어디에다 신고하라는 말인가?

보건소?

보건소는 또 어디 있나?

에이 관두자. 자수하러 왔다고 말하면 예방 주사를 맞지 않으려고 도망을 갔었다고 생각할 게 아닌가?

괜히 자수하러 갔다가 한 대 더 맞게 되면 그땐 정말 무슨 부작용이 일어날지 아무도 모른다. 더구나 내가 무슨 예방 주사를 맞았는지도 모르고 있는데.

이처럼 혹시 나중에 몇 반인지 헷갈릴지도 몰라서, 참고로 선생님 이름도 알아 두고 싶었지만 아쉽게도 아무도 알려 주는 사람이 없었다.

그렇다고 나를 미워하는 선생님께 실례지만 존함이 어떻게 되시느냐고 직접 여쭈어볼 수도 없는 일이었고.

처음 보는 아이들에게 무턱대고 선생님 이름을 물어볼 만한 분위기도 전혀 아니었다.

더불어 1학년이 전부 몇 반이나 되는지도 몹시 궁금했었지만, 그 역시 아예 누구에게 말을 붙여 볼 기회조차 없었다.

선생님 이름을 모르면 대신 얼굴이라도 기억하고 있으면 되지 않느냐고?

물론 그렇긴 하지만 지금도 지우개로 반쯤 지운 것처럼 기억이 희미한데.

안경을 끼셨는지 아닌지도 아리송한데.

심지어 남자 선생님인지 여자 선생님인지도 헷갈리는데.

방학이 끝난 후에 과연 선생님 얼굴을 제대로 기억해 낼 수 있을까?

아! 남자 선생님인가 보다. 목소리가 굵다는 게 그 증거다.

아닌가? 요즘은 허스키한 여자들도 많은가?

"다음부터는 전학을 오려면 며칠이라도 일찍 데려오세요."

처음 만났을 때 선생님께서 그런 이상한 말씀을 하셨는데.

그 말씀을 듣고 엄마는 죄인처럼 한참 동안 고개를 들지 못하고 있었고, 그때 이미 나는 선생님께서 나를 미워한다는 것을 알아차릴 수 있었다.

엄마에게 물어봐야 더 확실하겠지만 나는 지금까지 예전에 살았던 곳으로 다시 돌아간 적은 없는 걸로 알고 있다.

그런 내가 나중에 여기에 또 전학을 올 리는 없지 않겠나?

내가 미운 게 아니라면 왜 다음에는 며칠이라도 일찍 데려오라는 그런 엉뚱한 말씀을 하셨단 말인가?

방학책이 모자란다는 것이 주된 이유였는데, 모자라면 안 주면 될 게 아닌가? 누가 굳이 선생님 것을 달라고 했나?

게다가 방학이 끝나고 나면 반이 바뀔지도 모른다는 점을 수차례에 걸쳐 애써 강조하시면서 아이들에게 내 소개도 해 주지 아니하고, 자리도 없이 뒤쪽에 한참을 서 있게 만들고, 투명 인간 취급을 하고.

반면교사. 지금 생각해 보니 예전 선생님은 내게 너무나 잘해 주셨다. 아니, 정확히 말하자면 우리 모두에게 다 잘해 주셨다.

그때까지만 해도 나는 철이 없어서 그저 당연한 것으로만 여겼었지 감사하다는 생각은 미처 하지 못했었다.

그런데 지금 선생님은 그렇지 않다. 내가 무척이나 귀찮으신가 보다.

그 차이가 무엇일까?

그때는 여자 선생님이라 내게 잘해 주셨던 것일까?
내가 남자라서?

아니지. 우리 반에 여학생들도 많았었는데 그들에게도 다 잘해 주시지 않았었나?

모두에게 다 잘해 준다면 그건 특혜가 아닌데.

그렇다면 엄마 말씀처럼 결국 모든 게 다 팔자라고 봐야 한다. 내가 마음대로 할 수 있는 게 아니다.

부자 부모를 만나는 것과 마찬가지로 좋은 선생님을 만나는 것 역시 팔자소관이라고 봐야 한다.

하지만 아직 둘 다 실망을 하기에는 너무 이르다고 본다.

우선, 엄마, 아빠에게 앞으로 내가 클 때까지 얼마든지 기회를 드리고자 한다.

아무리 이사를 많이 다녀도 괜찮으니까 내 걱정은 마시라고.

희망을 잃지 말고 더욱 열심히 일하시라고 격려의 말씀을 드리는 바이다.

어쩌면 너무 일찍 부자가 되어 흥청망청 탕진해 버리는 것보다, 나중에 왕창 벌어서 그냥 그대로 손대지 말고 몽땅 내게 물려주는 게 훨씬 더 경제적이지 않을까?

좋은 선생님도 마찬가지다.

방학이 끝나고 나면 반이 바뀔지도 모른다고 했으니 거기에 기대를 걸고 느긋하게 기다려 보고자 한다.

기왕이면 다홍치마라고, 예쁜 여자 선생님으로 바뀌었으면 더 좋겠다.

아니면 선생님이 다른 학교로 전근을 갈 수도 있는 일이 아닌 가? 학생만 전학을 가라는 법이 있나?

그나저나 떠나올 때 선생님께 따로 인사도 드리지 못하고 그냥 와 버렸으니 얼마나 섭섭하셨을까?

이제 고마운 걸 알았으니 나중에 기회가 되면 정식으로 한번 찾아뵙고 정중하게 인사라도 드려야 할 텐데.

언제 그런 날이 오긴 오려나?

이렇듯 벌써 내가 몇 반인지를 잊어 먹을 정도이고 선생님의 얼굴조차 가물가물한 지경이니, 세월이 흘러 개학을 했을 때 내 자리는커녕 아무도 나를 기억조차 못 할 것이다.

아마 선생님께서도 나를 '누구더라'로 부를지도 모른다. 가는 데마다 나를 '누구더라.'로 부르는 사람들이 많았으니.

하지만 내 이름은 '누구더라'가 아니랍니다.

더구나 지금까지의 경험으로 미루어 보면, 어쩌면 이 방학이 다 끝나기도 전에 또 다른 곳으로 이사를 갈 수도 있으니 정말 한심한 인생이라 아니할 수 없다.

하루만 더 늦게, 아예 방학이 시작되고 나서 학교에 갔더라면 과연 어떻게 되었을까?

아마 그래서 이삿짐도 풀기 전에 엄마가 서둘러 나를 학교에 데리고 갔었나 보다.

학교에 입학하기 전에는 이사를 하더라도 별로 신경을 쓸 일이 없었는데, 이젠 학교라는 울타리를 벗어난 내 인생은 상상조차 할 수 없다.

사정이 이렇다 보니 학교에도 가지 못하고.

엄마가 혼자서는 물놀이도 못 가게 하고.

마음대로 가라고 해도 어디가 어딘지도 모르고.

아직 동네 친구들을 사귀기는커녕 얼굴도 모르고.

무턱대고 나갔다가는 누구한테 얻어터질지 먼저 보는 놈이 내 임자일 테고.

그렇다고 벌써 방학 숙제를 시작한다는 것은 내 양심이 허락하지 않고.

휴~~. 그러니 당분간은 나 홀로 집에서 노는 수밖에.

예상치 못한 방문객

그런데 오늘 아침,
미처 예상치 못했던 방문객이 있었으니.

마당에서 혼자 물구나무서기를 하면서 놀고 있는데, 생전처음
보는 형이 웬일로 담장 밖에 거꾸로 서서 아주 작은 손짓으로 나
를 부르는 것이었다.

거참! 보기에는 아주 멀쩡해 보이는데 왜 거꾸로 서서 저러는
걸까? 나처럼 세상을 거꾸로 보는 게 취미인가?

궁금한 마음에 얼른 일어나 바로 서서 다시 보니, 어느새 그 형
도 나를 따라 똑바로 서 있었다.

아니구나!

이제 보니 그게 아니었구나.

그 형은 처음부터 똑바로 서 있었나 보다. 내가 물구나무서기
를 너무 많이 해서 머리가 어지러워 헷갈렸었나 보다.

거꾸로 서 있었다면 담장 너머로 발이 보였겠지.

손이 보일 리는 없었겠지.

그렇다면 나를 향해 발짓을 했겠지.

손짓을 할 수는 없었겠지.

게다가 얼굴이 보일 리는 더더욱 없었겠지.

그건 그렇고, 새로 이사 온 나를 일부러 찾아오기까지 하다니?

원래 이사 오면 처음에는 괜히 못살게 굴거나 때리거나 쥐어박
는 게 일쑤가 아니던가?

뭐, 그 정도야 각오하고 있는 바이지만, 그래도 이건 경우가 아
니지 않나?

그건 내가 밖으로 나갔을 때의 일이지, 이렇게 집 안에 고이 머물고 있는데 일부러 찾아오기까지 하다니? 진짜 질이 나쁜 놈이구나. 그것 참 살다 살다 별일이 다 생기네.

보나마나 밖으로 좀 나오라고 할 텐데, 어떻게 하지?

어차피 언젠가는 밖으로 나가야 하고, 언젠가는 얻어터지게 될 텐데, 미루지 말고 지금 당하는 게 좋겠지?

휴~. 뭐 어쩔 수 없지.
무언가 좋지 않은 일이 일어날 거라 예상하며 부쩍 경계심을 가지고 쭈뼛거리고 있었는데.

세상에. 예상과는 달리 얼마나 친절하게 사근사근 잘해 주던지 나중에는 너무 황송해서 내 몸이 비비 꼬일 정도였다.

때리거나 쥐어박거나 못살게 굴기는커녕, 오히려 그렇게 잘해 주면서 수박 서리를 같이 가자고 하니 마음 약한 내가 어떻게 거절을 할 수가 있었겠나?

오히려 심심해 죽겠는데 정말 잘됐다는 생각도 들었고.

이 동네 형들과 친해질 수 있는 절호의 찬스라는 생각도 들었고.

앞으로 얻어맞지 않고 편안하게 잘 지내려면 어쩔 수가 없었다고 볼 수도 있고.

그 형이 너무나 친절하게 잘 설명해 줘서 거기에 설득을 당했다고 볼 수도 있다.

그러나 그런 것들도 다 맞는 말이긴 하지만 사실은 모두 그럴 듯한 핑계에 불과한지도 모른다.

외로우면 어떻고,
친해지지 않으면 어떻고,
좀 얻어맞으면서 살면 대순가?
지금까지 늘 그렇게 살아왔는데.

수박 서리….

솔직히 말하자면 그렇지 않아도 언젠가부터 나도 꼭 한 번 가 보고 싶었다. 같이 갈 사람이 없다면 나 혼자서라도.

그런데 그 형이 나를 위해 가이드를 자청하고 나섰으니 이보다 더 좋을 수는 없는 일이 아닌가?

그것도 우리 둘만 가면 재미가 덜할지도 모르니까, 주인공인 나를 위해서 수많은 엑스트라들까지 동원하기로 이미 작전 계획까지 완벽하게 세워 놓았으며.

더구나 엑스트라들 중에는 엄청 예쁜 여자아이들도 두 명씩이나 대기하고 있다는 점을 극구 강조하는 것이었다.

이 낯선 행성에 나를 위한 엑스트라들이 존재한다니?
더구나 엄청 예쁜 여자아이들이 한 명도 아니고 두 명씩이나 나를 위해 대기하고 있다니?

잠깐. 그런데 예쁜 여자아이들은 왜 들먹인 것일까?

여자아이들도 가는데, 남자인 내가 망설일 필요가 없다는 점을 강조하기 위함이었을까?

아니면 예쁜 여자아이들을 좋아하는 나의 약점을 그 형이 알고 있었던 것일까?

그건 어떻게 알았을까?

이거 괜히 얼굴이 화끈거리네.

혹시 이것이 나를 홀리려는 미인계는 아니겠지?

뭐야? 설사 미인계라 하더라도 아무 것도 잃을 게 없는 내가 무슨 걱정이란 말인가?

아니, 오히려 나는 항상 그렇게 마음을 먹고 있었다. 누가 미인계를 걸어온다면 모르는 척 화끈하게 넘어가 주기로.

그래, 아주 잘됐다.

제발 거는 시늉만이라도 해라.

얼마든지 넘어가 줄게.

왠지 나는 그러고 싶다.

* * *

수박 서리!

그게 어떤 건지?

얼마나 재밌는 건지?

얼마나 짜릿한 건지?

단지 조금 이르다는 핑계로 뒤로 미룬다면 그걸로 영영 땡일 수도 있다.

앞으로 나에게 또다시 이런 좋은 기회가 찾아오리라는 보장은 그 어디에도 없으니까.

나는 자꾸 이사를 가기 때문에 그런 데 낄 만큼 친해지기가 결코 쉬운 일이 아니며.

혹시 친해졌다 해도 수박 서리 같은 일에는 별로 소질이 없어서 나를 끼워 주지 않을 수도 있다.

원래 그런 일은 은행을 터는 일과 비슷해서 한 사람이라도 입을 나불거리면 고구마 캐듯이 줄줄이 전부 다 붙잡히게 된다.

그러니 신청한다고 해서 아무나 다 받아 주는 게 절대 아니라고 봐야 한다.

게다가 다음에 내가 이사 갈 곳이 어딘지는 아무도 모른다.

모래폭풍이 휘몰아치는 황량한 사막이나 모든 것이 꽁꽁 얼어 붙은 극지방이 될 수도 있을 것이고.

엄청난 자동차들과 사람들로 붐비는 불빛이 휘황찬란한 도시가 될 수도 있을 것이고.

시골이라 할지라도 화전민 마을이나, 고기잡이 어촌 같은 수박 밭이 없는 세상일 수도 있을 것이다.

또한 수박밭이 있다고 해도 아무 때나 열리는 것도 아니고 열 린다고 해서 곧바로 먹을 수 있는 것도 아니다.

당연히 잘 익었을 때를 노려야 하는데, 그건 아주 잠깐일 뿐인 것이다.

그러니까 뭐든지 기회가 왔을 때 꽉 잡아야지, 다음 기회는 영 원히 오지 않을 수도 있다는 것이 너무나도 지당하신 나의 생각 이다.

아무리 그래도 솔직히 조금은 무섭지 않느냐고?

천만에, 그까짓 게 뭐라고?

내 비록 1학년이지만 달리기만큼은 3, 4학년 형들보다 별로 뒤지지 않는데.

고양이처럼 소리 없이 움직이고.
치타처럼 빨리 달리고.
귀신같이 어둠 속으로 사라져 버리면 되는 건데.

그리고 여기까지가 전부라면 혹시 내가 무식해서 용감한 게 아닌가 하고 생각할 수도 있겠지만, 그게 전부 다가 아니다.

변신술!

이번에 그 형이 자신의 몸을 바꾸는 비장의 변신술을 특별히 나에게만 전수해 주었다.

그래서 이제부터는 어떤 경우라도 들키거나 붙잡힐 일은 없어졌다.

다른 아이들은 전부 다 붙잡힌다 해도 나는 변신술을 이용해서 안전하게 빠져나갈 수가 있다는 말이다.

　그렇다면 더 이상 두려울 게 뭐란 말인가?

　이거 지금 내가 너무 까부는 건 아닌지 모르겠지만 오히려 수박 서리를 하다가 어디 한번 들켜 봤으면 좋겠네.

　그래야 마법 같은 변신술을 마음껏 한번 펼쳐 볼 수 있을 게 아닌가?

　도대체 그 형의 말솜씨가 얼마나 좋기에 그렇게 완전히 홀딱 넘어갔느냐고?

　홀딱 넘어가다니? 천만에!

　나도 여기저기 이사를 다니면서 산전수전 다 겪은 사람이다.

　단순히 말솜씨 따위에 쉽게 넘어갈 만큼 그렇게 어리숙한 사람이 아니다.

말솜씨 때문이 아니라 그 형의 진심 어린 설득이 내 마음을 움직인 것이다.

"나는 내년 봄이면 은퇴해야 하는데, 유능한 후계자가 없어서 심각하게 고민을 하던 중이었지.

그러던 어느 날 네가 혜성처럼 나타난 거야. 아마도 이런 걸 운명적인 만남이라고 하는 게 아닐까?

그래서 지금 특별히 호박 변신술이라는 걸 가르쳐 줄게.

이 마법 같은 비술은 반드시 너처럼 초능력을 가진 후계자들에게만 전수되는 것인데, 나도 1학년 때 수박 서리를 가면서 배웠었지."

그 형의 말이 다소 어수선한 것은 사실이지만 그래도 나름대로 정확하게 잘 알아들었다고 자신하고 있다.

가장 핵심적인 내용은 내게 특별한 초능력이 잠재되어 있다는 것이었는데.

나도 진작부터 그렇지 않을까 어렴풋이 짐작은 하고 있었다는 말이다.

내가 다른 아이들과 똑같다면 굳이 세상에 태어나야 할 이유가 뭐란 말인가?

무언가 특별한 능력이 있어서 이 세상을 위하여 써먹을 데가 있으니까 나를 내려보낸 것이겠지.

어쩌면 가끔씩 보이는 환상이나 환청이 내 초능력의 발현이 아닐까?

조심스런 마음에 아직 아무에게도 말하지는 아니하였지만 나는 환상의 세계나 미래를 보는 일에 매우 탁월한 능력을 보유하고 있다고 굳게 믿고 있다.

훼방꾼이 없다면 하루 종일 환상의 세계에서 지낼 수도 있으며 때로는 환상인지 꿈인지 현실인지 나 스스로도 구분할 수 없을 만큼 이미 매우 높은 경지에 이르렀다.

현실 세계가 아닌 다른 세상을 본다는 것!
그것은 결코 아무나 할 수 있는 일이 아니다.

그렇지만….

후계자가 되는 것은 어디까지나 이 땅에 살고 있는 아이들의 몫이지, 머지않아 또 떠나게 될 외계인에게는 전혀 어울리지 않는 타이틀이다.

어쩌면 나를 조금은 과대평가하고 있는지도 모르고.

예쁜 여자아이들까지 들먹이는 걸 보면, 무슨 목적인지는 모르지만 의도적으로 끌어들이려는 수작인지도 모른다는 말이다.

하지만 설사 그렇다 하더라도 이 동네 아이들과 자연스럽게 친해질 수 있는 기회라는 것.

꼭 한 번 가 보고 싶었지만 혼자서는 엄두조차 낼 수 없었던 수박 서리를 가 볼 수 있는 절호의 찬스라는 것.

그 두 가지만 해도 나로서는 엄청난 소득이니 더 이상 망설일 필요가 없지 않겠는가?

솔직히 내가 아쉬워서 나도 좀 데려가 달라고 통사정이라도 해야 할 판인데.

곱게 빚어 입에 넣어 주는 떡도 못 받아먹어서야 언제 그들과 친해질 수 있겠는가?

또한 그 형도 나처럼 1학년 때부터 수박 서리를 했었고 호박 변신술을 사용했었다는 것이다.

그러니 나라고 못 할 게 뭐란 말인가?

사실 요즘은 옛날하고 달라서 1학년이면 알 거 다 안다.

키가 좀 작아서 그렇지 머릿속은 어른이나 다름없다.

이제 찌질했던 과거는 잊어라. 학교에 입학을 하는 순간부터 나 자신은 내가 책임지기로 결심을 하지 않았던가?

그래! 이왕 가기로 한 것, 기쁘고 즐거운 마음으로 가서 멋지게 해치우고 돌아오자.

내 의견 따위는 묻지도 않고 듣지도 않은 채, 그 형은 무조건 내 손을 잡아채 손가락을 걸고 나서는 혼자 브라보를 외치며 의기양양하게 돌아갔다.

그 형이 사라지기가 무섭게 나는 곧바로 변신술에 필요한 호박 꼭지를 만들기 시작했다.

발 빠른 내가 절대로 붙잡힐 리는 없겠지만, 혹시라도 닥칠지 모르는 불의의 사태에까지 미리 철저하게 대비하는 것이 대사에 임하는 자의 당연한 도리라 생각하기 때문이다.

그러니까 내가 붙잡히는 것은 절대로 있을 수가 없는 일이며, 있어서도 안 되는 일이며, 나를 초청한 그 형은 물론, 아껴 주시는 모든 분들에 대한 예의가 아니라는 것이다.

뭐, 엄마, 아빠를 빼고 나면 나를 아껴 주시는 분들이 별로 없기는 하지만.

우선 한 뼘 정도 길이의 가느다란 나뭇가지를 구해서 양끝을 둥글고 부드럽게 잘 다듬어 준 다음.

거기에 비싼 참기름을 아낌없이 바르고 걸레로 박박 문질러서 더없이 반질반질하게 만들었다.

그 형은 한쪽만 다듬어 주고 백 번 정도만 문지르면 된다고 말했었지만.

　나는 양쪽을 모두 다듬어 주었을 뿐만 아니라 각각 이백 번씩, 무려 사백 번이나 문질러 주었다.

　그 형의 간단한 설명만으로 누구에게 특별히 배우지 않고도 이렇게 쉽게 금방 만드는 걸 보면, 나에게는 마법사적 재능이 살아 숨 쉬고 있는 것인지도 모른다.

　나중에 커서 뭐가 될지는 아직 모르겠지만 마법사가 되는 것도 일단은 리스트에 올려놔야겠다.

　가만있자……．
　그렇게 되면 너무 많나?

　마법사에다가 우주비행사, 과자점 주인, 아이스크림집 주인, 빵집 주인, 정육점 주인, 장난감가게 주인, 게임방 주인, 만화방 주인….

　그리고 또 뭐더라?

아! 복권방 주인.

제일 중요한 걸 빠뜨릴 뻔했네.

안 되겠다. 지금까지 리스트에 올라 있는 게 너무 많아서 내가 헷갈릴 지경이다.

인생이 아무리 길다 해도 그렇게 많은 걸 다 해 볼 수는 없을 테니, 앞으로는 너무 욕심내지 말고 하나 올릴 때마다 하나씩 도로 빼야겠다.

이번에 다 해 버리면 다음 인생에서는 뭐해서 먹고사나?

아닌가? 세상이 변하면서 새로운 직업들도 생겨나려나?

오늘 밤 아주 늦게 11시에 만나기로 했기 때문에 저녁을 먹고 나서도 몇 시간이나 더 기다려야 한다.

사실 그렇게 늦은 시간까지 내 의지로 자지 않고 깨어 있었던 적은 한 번도 없었다.

그래서 혹시라도 잠이 들어 버리면 어쩌나 걱정을 했었는데 그건 괜한 걱정일 뿐이었다.

잠이 오기는커녕 가슴이 계속 두근거려서 눈만 점점 더 동그래진다.

기다리는 시간을 이용해서 나는 팔다리가 긴 가을 옷으로 갈아입기로 했다.

아무리 무더운 여름이라지만, 낮이 아닌 밤이기에 혹시라도 모를 살짝 추위에도 대비를 해야겠고.

가시덤불이나 철조망으로부터 연약한 피부도 보호해야 하고, 더불어 어둠 속에서 몸을 잘 숨기기 위해서다.

웬일인지 최근 2년간 내 옷장에 신상품이 전혀 입고되지 않아서 봄가을 제품이 딱 한 벌뿐이라 선택의 여지는 없다. 뭐 옷장이랄 것까지는 없고 그냥 이삿짐 보따리일 뿐이지만.

하지만, 다행스럽게도 짙은 회색이라 쉽게 눈에 띄지는 않을 것이다. 말 그대로 야간 보호색인 것이다.

다만 내 기억으로는 두 번을 접어 입을 정도로 엄청나게 큰 걸로 샀었는데도 벌써 길이가 짤막해져서 손목, 발목이 다 드러난다.

나도 모르는 사이에 키가 그만큼 자란 것인가? 아니면 자꾸 빨아서 옷이 줄어든 것인가?

내가 생각하기에는 빨래가 가장 큰 원인이라고 본다.

옷은 빨면 빨수록 줄어들고 옷감이 상하기 마련인데 사람들은 왜 굳이 빨래를 하는 걸까?

그냥 옷을 입은 채로 비를 흠뻑 맞거나 물속에 풍덩 뛰어들거나 툭툭 먼지만 털어서 다시 입으면 될 것을.

내가 이 세상에 온 지 벌써 7년이나 지났건만, 아직도 세상에는 내가 이해할 수 없는 일들이 많다.

아 참! 전에 살던 동네에서는 수박 서리를 할 때 옷을 모두 벗어서 잘 숨겨 놓고 팬티만 입는다고 들었는데 여기는 어떤지 잘 모르겠다.

여기저기 이사 다니다 보면 지역마다 풍습이 서로 다른 경우도 많으니까.

왜 옷을 벗느냐고?

글쎄? 믿거나 말거나 사람들 말로는 밭 주인이 붙잡으려 할 때 미꾸라지처럼 미끌미끌 잘 빠져나가려고 옷을 벗는다고 한다.

그러면 적어도 옷을 붙잡힐 일은 없을 테니까.

알몸에 기름까지 잔뜩 바른다면 더욱 미끄럽겠지.

하지만 기름은 너무 위험하다. 그러다 불이 붙으면 어떻게 되겠나? 통구이가 되고 말겠지.

그리고 또 하나는 시냇물을 건너야 하는 경우인데 그것도 말이 된다.

수박밭으로 가려면 시냇물 한두 개쯤은 당연히 건넌다고 봐야겠지.

물에 젖지 않으려면 어차피 옷을 벗고 건너야 하는데, 오며가며 번거롭게 자꾸 벗었다 입었다 할 수는 없지 않겠나?

그냥 처음 시냇물에 들어가기 전에 벗어 놓고 나중에 성공적으로 임무를 마치고 돌아와서 다시 입으면 될 게 아닌가?

그렇지만 풍습이라고 해서 무조건 따라 할 필요는 없다고 본다.

여기 붙박이라면 몰라도 어차피 나는 머지않아 이곳을 떠나게 될 외계인이니까.

그래서 곰곰이 생각한 끝에 여러 가지 이유로 옷을 벗지 않기로 했다.

제일 중요한 이유는 수박 서리에 성공했다고 하더라도 옷을 찾다가 날이 샐 수도 있기 때문이다.

너무 어두워서 옷을 숨겨 둔 장소를 찾지 못한다면?
옷 당번이 무서워서 도망을 가 버리고 없다면?
누가 내 옷을 입고 가 버렸다면?

두 번째는, 어둠 속에서는 짙은 색 옷을 입고 있어야 잘 안 보이지, 하얀 속살을 드러내 놓고 있으면 오히려 금방 눈에 띄지 않을까?

그다음은, 혹시라도 펼칠지 모르는 호박 변신술을 위해서 나는 오늘 팬티를 입지 않았기에 겉옷을 벗으면 완전히 발가숭이가 되어 버리기 때문이다.

그리고 마지막 결정적인 이유는 만에 하나 이게 속임수일 수도 있다는 것이다.

만약 형들이 짜고 내 옷을 감추고 모두 도망가 버리면, 나는 발가벗은 채 도마뱀의 잘려 나간 꼬랑지처럼 미친 듯이 발버둥을 치다가 꼼짝없이 붙잡히는 신세가 되고 말 게 아닌가?

이처럼 중요한 사항은 여러 가지 시나리오를 잘 검토해서 미리미리 마음의 결정을 해 두는 게 좋다. 막상 닥쳐서 우왕좌왕하지 말고.

내 오랜 경험으로는 시간이 잘 안 갈 때는 밥을 한 번 더 먹는 게 최고다.

밥을 먹는 동안에는 세상만사 모든 걱정이 사라지고 무아지경이 되니까 시간이 아주 잘 간다.

무슨 말인가 하면 저녁밥을 먹은 지 너무 오래되어서 벌써 배 속이 텅텅 비었다는 그런 말이다.

시골 사람들이 왜 그렇게 일찍 잠자리에 드는지 그 이유를 이제야 알겠다. 양식도 아끼고 인구 증가에도 기여하고.

딸 아들 구별 말고 마구 낳아 잘 기르자.
사람은 자기가 먹을 것은 갖고 태어난다.
산 입에 거미줄 치랴?
사람이 굶어 죽으란 법은 없다.

나는 도둑고양이처럼 부엌으로 살금살금 기어 들어갔다.

불을 켤 필요는 없다. 아무리 어두워도 밥은 냄새만으로도 쉽게 찾을 수 있으니까.

다행스럽게도 구석에 식은 밥이 꽤 많이 남아 있다.

물론 지금 당장 배를 채우는 것도 매우 중요하지만 나중에 무거운 수박을 잔뜩 지고 오려면 미리 밥을 든든히 먹어 두어야겠지.

소풍도 아닌데 주먹밥을 싸 갈 수도 없는 일이고, 서리를 하러 온 주제에 수박밭에서 도시락이나 까먹고 있을 수도 없는 노릇이 아닌가?

대신 물은 한 모금도 마시지 않았다.

서리하다 말고, 도망가다 말고, 노상방뇨나 하고 있을 수는 없는 일이니까.

그런데 왜 부엌으로 살금살금 기어서 들어가느냐고? 당당하게 걸어서 들어가지 않고?

그건, 아무래도 몰래 먹는 밥이 훨씬 더 맛있기 때문이다.

더불어 내가 오늘 밤에 밖으로 나간다는 것을 엄마가 알아채지 못하도록 하기 위함이다.

아니나 다를까. 밥을 다 먹고 나니 시계 바늘이 10시를 훌쩍 넘어서고 있다.

아직은 한 시간 가까이 여유가 있는데도 불구하고 갑자기 초읽기에 몰린 것처럼 마음이 초조해진다.

자! 긴장을 풀고 본격적으로 나설 채비를 해 보실까?

나는 마치 선보러 가는 노총각처럼 오랜만에 세수도 깨끗이 하고 머리와 어깨에 비듬도 열심히 털어 냈다.

아무래도 이곳에서의 첫 공식 행사인 만큼 예의상 외모에 신경을 쓰지 않을 수는 없는 일이 아니던가? 더구나 예쁜 여자아이들도 둘씩이나 나온다지 않나?

그런데 왜 노총각들은 선보러 갈 때만 비듬을 터는 걸까?
나도 노총각들을 닮아 가는 건가?

시간을 때우는 데는 밥을 먹는 게 최고라고 주장했었지만 사실은 그게 아니다.

거울은 시간을 먹고 사는 요물이다. 이러나저러나 똑같은 얼굴인데도 허망한 기대를 미끼로 사람을 붙들고 놓아주지 않는다.

이러다 진짜 늦을지도 모르니 마지막으로 옷매무새만 단정하게 마무리하고 이만 약속 장소로 나가 봐야겠다.

자, 드디어 출발이다.

수박 서리 출발

커다란 망태기를 어깨에 둘러메고 떨리는 마음으로 아무도 모르게 살며시 집을 나섰다.

내일 새벽 집으로 돌아올 때쯤이면 이 망태기는 맛있는 수박으로 가득 차 있으리라.

그런데 세상이 왜 이렇게 어두컴컴하지?
이러다가 귀신 나오겠네.

모두들 에너지 절약에 적극 동참하려는 것인지 불을 켜 둔 집이라곤 한 집도 보이지 않는다.

뿐만 아니라 안면이 없는 나를 도둑으로 인식하고 집집마다 개들이 시끄럽게 짖어 대는데도 밖을 내다보는 사람조차 없다. 무슨 일인지 궁금하지도 않은가 보다.

쉿! 얘들아, 시끄럽게 짖지 마라. 내가 도둑인 건 맞지만 저 멀리 수박을 훔치러 가는 길이란다.

너희들이 잘 몰라서 그렇지, 내가 보기에 이 동네에는 훔쳐 갈 만한 게 아무것도 없단다.

그래서 사람들이 밖을 내다보지도 않고 마음 놓고 쿨쿨 단잠을 자고 있는 거란다.

내가 아주 많이 살아 본 것은 아니지만, 시골은 도시에 비해 훨씬 일찍 잠자리에 든다.

날이 완전히 어둡기도 전에 일찌감치 온 마을이 쥐 죽은 듯이 고요해진다.

그러니 지금 이 시간쯤이면 우리 같은 도둑놈들 말고는 깨어 있는 사람이 아무도 없다고 봐야 한다.

그나저나 주변에 나처럼 약속 장소로 향하고 있는 엑스트라들이 한두 명쯤은 보일 줄 알았는데, 이리저리 둘러봐도 이상하게 아무도 보이지 않는다.

이거 내가 너무 빨리 나왔나?
조금 더 기다렸다가 약속 시간에 딱 맞추어 나올 걸 그랬나?
이 지방의 관습이나 로컬 타임을 알 수가 있어야지.

설마 계획이 취소된 건 아니겠지?
거짓말로 장난을 친 건 아니겠지?

갑자기 목덜미가 으스스해지며 나도 모르게 온몸이 바짝 오그라든다.

어두컴컴한 골목길에서 갑자기 무언가 무서운 게 튀어나올 것만 같다.

제발 누구 한 사람이라도 나와 있어야 할 텐데.
이렇게 깜깜한데 아무도 없으면 정말 큰일인데.

조마조마한 마음으로 모퉁이를 돌아서자 드디어 저 멀리 약속 장소인 마을 어귀의 가로등이 달려 있는 전봇대가 서서히 모습을 드러내기 시작한다.

"무조건 가로등 불빛만 따라가면 돼. 딱 하나뿐이거든."

나를 초청한 형의 말을 빌자면 우리 마을의 둘도 없는 유일한 가로등이다.

과연 사람이?

휴~. 천만다행이다. 전봇대 아래에 아이들이 와글와글하다.

사람들이 많으니까 무척 반갑기는 하다만, 분명히 약속 시간보다 훨씬 일찍 나왔는데 이게 어찌된 일인가?

내가 시계를 잘못 보고 나왔나?

그럴 리가 없는데.
계속해서 시계만 쳐다보고 있었는데.

게다가 뒤를 돌아봐도 나를 따라오는 아이들이 아무도 없는 걸 보면 내가 맨 꼴찌라는 말인데.

모두들 시계가 없으니까 몇 시인지도 모르고 아예 일찌감치 나와 있는 것인가?

설마 유령들은 아니겠지? 유령들이라면 밝은 가로등 밑이 아니라 어두컴컴한 데서 놀고 있겠지? 그렇겠지?

이럴 줄 알았더라면 조금만 더 일찍 나올 걸 그랬다. 약속 시간에 늦은 것도 아닌데 괜히 미안하다.

혹시 너무 일찍 나왔다가 아무도 없으면 귀신이 나올지도 모르니까, 그래서 일부러 시간을 비슷하게 맞춘 것일 뿐인데.

그나저나 너무 가까이 다가가기 전에, 이쯤에서 우선 그 형이 있나 없나 찾아봐야겠다.

내가 얼굴을 아는 사람은 오로지 그 형뿐인데, 만약 그가 보이지 않는다면 저들은 모두 유령일 가능성이 매우 크다.

조명이 전봇대 높은 곳에서 희미하게 비치니까 얼굴들이 거뭇 거뭇 전부 똑같아 보이고 움직임들도 매우 부자연스럽다.

조심조심 한 발짝씩 전진하다가 사람들이 아니라고 판단되는 순간, 뒤로 돌아 죽어라고 우리 집을 향해 달려야 한다.

"여~~ 어서 와. 정말 대단하구나."

바로 그 순간, 다행스럽게도 그 형이 먼저 앞으로 나서며 특유의 목소리로 무척이나 반갑게 맞이해 준다.

휴~~. 다행이다.
나를 기다리고 있었다는 말이다.
내가 가까이 다가오는 걸 알고 있었다는 말이다.

"짝짝짝짝짝짝……."

황송하게도 그 형의 말이 끝나기가 무섭게 모두들 기다렸다는 듯이 나에게 우레와 같은 박수를 보낸다.

그리고는 내가 미처 답례를 하기도 전에 한마디씩 인사말을 건넨다.

"안녕! 반가워!"

"정말 용감한데!"

"아주 재빠르게 생겼는데!"

"어느 별에서 오신 왕자님이신가?"

"드디어 오늘의 주인공이 납시었구나!"

반가워, 용감한데, 재빠르게 생겼는데, 왕자님, 주인공….

그런 말들을 들으니 그제야 잔뜩 움츠렸던 마음이 푸근해지며 역시 오길 잘했다는 생각이 들면서 괜히 우쭐해지기까지 한다.

내가 오늘의 주인공이고, 여기 모여 있는 사람들은 모두들 나를 위한 엑스트라들이라는 말이다. 아마 그래서 이렇게 일찍들 나와 있었나 보다.

하기야 엑스트라들이 주인공보다 늦게 나온다는 것은 감히 상상도 할 수 없는 일이겠지.

사실 말이야 바른말이지 여기에 주인공으로 발탁된 것만으로도 나는 무척이나 출세한 것이다.

주위를 둘러보니 모두들 가로등 불빛에 수염이 살짝 비칠 정도로 나보다 몇 살씩은 더 많은 형들이고 내 또래는 눈을 씻고 찾아봐도 아무도 없다.

이것은 형들이 적어도 나를 자기들과 동급으로 인정한다는 뜻이고, 앞으로 만나게 될 이 동네 같은 또래 친구들에게 두고두고 큰 자랑거리가 되리라 믿어 의심치 않는다.

아 참, 엄청 예쁜 여자아이들도 두 명이나 나온다고 했는데? 어디 있는 거야? 얼마나 예쁜 거야?

하지만 저 높은 전봇대에 달린 가녀린 가로등만으로 사람의 얼굴까지 구분하기에는 너무나 어둡고 희미하다.

예쁜지 아닌지는 고사하고 남자인지 여자인지, 사람인지 귀신인지조차도 구분이 가지 않는데.

그렇다고 지금 상황에서 약속했던 예쁜 여자아이들은 어디에 있느냐고 물어볼 수는 없는 일이 아닌가?
뭐, 따지고 보면 약속까지는 아니었지만.

괜히 그랬다가는 여자를 밝힌다는 말을 들을지도 모르니 다음 기회를 노리기로 하고 지금은 그냥 조용히 넘어가는 게 좋겠다.

그건 그렇고, 이거 내가 너무 심하게 겸손한 것은 아닐까?
이럴 때는 답례로 무슨 말이라도 한마디 해야 하는 거 아닌가?

"어흠. 어흠.
수박 서리!
그까짓 거 겁날 게 뭐 있나?
도대체 뭐가 무섭다는 거야?
무섭기는 뭐가 무서워?"

이렇게 뭐라고 말을 하고 싶지만…….

이사 오기 전, 내 별명은 '버버리'였다.
물론 그건 단지 별명이었을 뿐, 진짜 벙어리는 아니다.

그런데도 나는 말을 거의 하지 못한다. 어떤 때는 하루 종일 한 마디도 하지 않을 때도 있다.

누가 나에게 말을 걸거나 내가 말을 건네려 하면, 가슴이 심하게 두근거리며 알 수 없는 두려움과 절망의 늪으로 빠져들기 때문이다.

엄마는 나에게 때때로 거짓말을 하라고 가르친다.
싫어도 좋다고 말하고.
미워도 사랑한다고 말하고.
화가 나도 웃어야 하고.
맞아도 참아야 하며.
잘 모르겠으면 내 생각과 반대로 말하라는 것이다.

애들이나 어른들이나 다들 그렇게 산다고 하는데.
그러나 나는 내 생각과 반대로 말하지 못하고 직설적으로 말하며, 감정의 기복도 매우 심하다.

내 주장을 펼칠 때 쉽게 흥분하며, 심하면 눈물까지 글썽거린다.

화가 나면 참지 못하며 누가 나를 욕하거나 때리면 앞뒤 가리지 않고 즉각 반격에 나선다.

아, 물론 항상 그런 것은 아니다. 상대가 매우 강력하다면 꼬랑지를 확 내린다. 그 덕분에 아직까지 살아남아 이렇게 행성여행을 즐기고 있는 것인지도 모른다.

나는 알고 있다. 그렇기 때문에 내가 말을 하거나 행동을 개시하면 대부분 심각한 문제가 발생한다는 것을.

그래서 말을 하지 않으며, 사람들을 피하는 것이다. 오랜 세월 그렇게 살다 보니 벙어리가 된 것일까?

그래도 지금은 내가 주인공이니, 간단하게나마 뭐라고 한마디라도 해야 하는데….
어쩌지….

"지금부터 주의 사항을 일러 주겠다."

답례의 말을 두고 고민에 빠져든 고요와 침묵의 순간, 나를 초청한 형이 큰 소리로 이목을 집중시킨다.

그가 우리 동네 대장인가 보다. 괜히 내가 불쑥 나섰더라면 머쓱해질 뻔했다.

어찌되었든 덕분에 큰 위기를 넘긴 셈이다.

대장이 꼬깃꼬깃한 메모지를 꺼내 열심히 펼치고 있다. 미리 연설문까지 준비한 걸 보면 아마도 할 말이 무척이나 많은가 보다.

하긴 그럴 만도 하다. 하나둘 세어 보니 나를 포함해서 군사가 무려 10명에 이른다.

내가 보기에도 수박 서리에 10명이라면 엄청난 규모다. 전쟁으로 치면 10만 대군이나 다름이 없지 않을까? 그러니 일장연설을 할 만도 하지.

잠시 침묵을 깨고 대장이 연설을 시작한다.

"첫째, 밭 주인에게 절대로 피해를 주지 말라.
둘째, 수박이 상하지 않도록 고랑으로만 기어 다닌다.
셋째, 수박은 1개씩만 딴다.
넷째, 이상 끝!"

뭐야? 이상 끝이라니?
벌써 끝난 거야?
이상 끝이면 이상 끝이지, 넷째 이상 끝은 또 뭐야?

이건 너무 간단하잖아! 메모지까지 꺼내 들기에 각오를 아주 단단히 하고 있었는데.

하긴 쓸데없이 말을 길게 하는 사람보다 백배는 낫다.

말이 너무 길어지면 무엇을 주장하는 것인지 알 수도 없고 하품만 자꾸 나오지 않나?

더구나 말이 긴 사람들은 했던 말을 계속해서 되풀이하는 경향이 있는데 그렇게 되면 상대방은 재미없는 정도가 아니라 울분이 치밀어 오른다는 사실을 아는지 모르는지?

끝으로, 마지막으로, 최종적으로, 결론적으로.

다시 말하고, 뒤집어서 말하고, 강조해서 말하고, 정리해서 말하고, 풀어서 말하고, 알기 쉽게 말하고, 간단하게 말하고, 솔직하게 말하고.

그렇게 하다 보면 드디어 나중에는 자신이 무슨 말을 하고 있는지 잊어 먹는 경우까지 생긴다.

일장 연설을 하다 말고 "금방 제가 무슨 말을 했죠?" 이렇게 묻는다면 누가 그 사람의 말을 신뢰하겠는가?

비록 짧지만 밭 주인을 위하는 마음이 가득 담긴 매우 인상 깊은 연설이었다.

수박 서리를 가는 게 아니라 수박밭에 아르바이트를 가는 게 아닌가 하는 착각이 들 정도다.

몸 따로 마음 따로.

몸은 비록 어쩔 수 없이 수박을 훔치러 가지만, 마음만은 이 세상 그 누구보다도 더 순수하고 착하다는 것을 강력하게 주장하고 있는 것이다.

글쎄, 과연 누가 그걸 알아주기나 할까?

그런데 어렵게 거기까지 가서 왜 1개씩만 따라는 걸까?

혹시 2개나 3개를 따면 절대로 안 되는 걸까? 망태기도 아주 큼직한 걸로 가져왔는데.

아마도 그것은 서리꾼들이 반드시 지켜야 하는 지엄한 법칙인지도 모른다. 그래서 대장이 일부러 힘주어 강조한 게 아닐까?

애써 재배한 농작물을 훔치는 아주 나쁜 짓이니 당연히 국가에서 가이드 라인을 정해 두었겠지.

아무런 제한도 없이 마구 훔쳐 가면 누가 힘들게 농사를 지으려 하겠나?

그러니까 1개만 따면 착한 서리꾼이고, 2개 이상을 따면 나쁜 도둑놈이 되는 것인가 보다.

내가 볼 때는 서리꾼이나 도둑놈이나 그게 그건데.

그나저나 주의 사항이 몇 가지가 안 되는데도 불구하고 메모지를 꺼내 읽는 걸로 봐서 형은 폼 재는 걸 아주 좋아하는 성격이거나 그게 아니라면 머리가 별로이거나 둘 중에 하나다.

그래서 그런지 아무도 박수를 치는 사람이 없어서 나는 들었던 양손으로 괜히 머리를 긁고는 슬그머니 다시 내렸다.

아니? 난데없이 이건 또 무슨 일?

연설이 끝나고 드디어 출발을 하려나 보다 생각했는데, 갑자기 누군가 나서서 돈을 걷기 시작하는 게 아닌가?

가슴에서 '덜컥' 하고 뭔가 떨어지는 소리가 난다.

수박 서리를 갈 때는 원래 이렇게 회비를 걷나 본데 그런 줄도 모르고 돈을 가져오지 않았으니 이것 참 큰일이 아닐 수 없다.

무슨 회비를 걷고 그러나? 서리를 가는 주제에 도중에 구멍가게에 들러서 빵이라도 사 먹으려는 건가?

아니면 설마 이 모든 것들이 아무것도 가진 게 없는 나에게서 돈을 뜯어내려는 수작인가?

아니겠지? 내 코 묻은 돈을 저 많은 인원이 나누어 봤자 얼마씩이나 돌아간다고?

빨리 집으로 돌아가서 엄마 저금통이라도 가져올까?

그동안 내가 틈틈이 꺼내 썼는데 아직도 남아 있는 동전이 있으려나?

그러기에는 너무 늦었나?

미리 준비라도 하고 있었다는 듯, 모두들 앞다투어 돈을 내고 이제 나만 남았다.

주머니에 손을 넣어 아무리 주물럭거려 봐도 없는 돈이 저절로 생길 리는 없는 일!

그렇다고 지금은 주머니에서 손을 빼내는 것도 매우 부적절하다.

내가 돈을 꺼내는 걸로 알 테니까.
모두들 내 손만 바라보고 있을 테니까.

돈이 없다고 순순히 고백을 하고 집으로 돌아갈까?

하지만 어렵게 여기까지 와서 돈 때문에 모든 것을 포기할 수는 없는 일이 아닌가? 더구나 오늘은 내가 주인공인데.

그래! 당당하게 얼마인지 한번 물어나 보자.

주머니에 구멍이 난 줄 몰랐다고 말하면 너무 없어 보일 테니까, 깜빡하고 비싼 가죽지갑을 두고 왔으니 외상으로 하자고 말이나 한 번 해 보자.

나중에 언젠가 벌어서 갚아 주면 될 게 아닌가?
아니면 시간을 질질 끌다가 다른 곳으로 전학을 가 버리거나.

"얼마죠?"

깜짝이야. 내가 말을 하다니?
그것도 이렇게 큰 소리로.

그렇다. 지금처럼 특수한 상황에서는 의도하지 않아도 저절로 말이 튀어나온다.

이것은 무엇을 의미하는가?

나는 말을 하지 못하는 게 아니라 하지 않을 뿐이다. 앞으로 얼마든지 희망이 있다는 말이다.

그런데 너무 큰 소리로 물어본 것일까? 가로등 불빛이 휘청하는가 싶더니 모두들 깜짝 놀란 듯 가슴을 쓸어내리고 있다.

회비를 걷던 형도 놀란 토끼눈을 하고 나를 물끄러미 바라보더니 퉁명스럽게 중얼거린다.

"뭐야? 벙어리라더니 아니잖아?"
"그러게. 말을 할 줄 알잖아."

벙어리라니? 그러니까 모두들 깜짝 놀란 것은, 내 목소리가 너무 커서가 아니라 벙어리가 말을 해서 놀랐다는 말이로구나.

"너는 오늘 특별 초대 손님이라 무료야. 우리는 아홉 명뿐인데 열 명 채우느라고 무척 힘들었거든."

특별 초대 손님이라 무료라고?
휴~. 살았다.

혹시 잘못 들은 건 아니겠지?
그게 이 동네의 전통인가?

아무리 외계인이라도 그런 좋은 전통이라면 따지지 말고 무조건 따라야지.

그래도 체면상 반이라도 내겠다고 말을 해야 하나?
그냥 입을 꾹 다물고 가만히 있을까?

"출발!"

대장이 불쑥 큰 소리로 출발을 알린다.

혹시 절반이라도 내라고 할까 봐 간이 콩알만 했었는데 얼렁뚱땅 넘어가서 정말 다행이다.

이제야 안도의 한숨이 나오며 마음이 좀 푸근해진다.

그런데 무료라니? 회비 면제겠지.

어딜 가더라도 촌뜨기들은 고집이 세서 그런지 어휘 선택에 서투르다.

그리고 열 명을 채우느라고 무척 힘들었다니?

그건 또 무슨 소리인가?

야구도 아홉 명인데 굳이 열 명을 채울 필요가 뭐란 말인가? 아니면 아예 한 명을 더해서 축구팀을 창단하시던가.

어딜 가더라도 촌뜨기들은 고집이 세서 그런지 쓸데없는 일에 집착한다.

다만, 그 모든 것을 차치하고 특별 초대 손님은 무료라는 좋은 전통을 가진 촌뜨기들을 우러러 찬양한다.

드디어 출발이다.
시작이 반이라는 말이 사실이라면 이제 딱 반쯤 온 것이다.

다만, 언제나 그렇듯이 나머지 반은 처음 반과는 완전히 다르다는 것이 문제다.

막연한 기대로 가슴이 벅차오른다. 과연 나는 오늘의 미션을 성공적으로 수행할 수 있을 것인가?

어디로 가는지?

얼마나 가야 하는지?

무엇을 어떻게 해야 하는지?

들키거나 붙잡히면 어떻게 되는지?

나는 궁금한 게 너무 많아서 이것저것 물어보려다가 그만두기로 했다.

왜냐하면 대장 형은 내가 수박 서리 분야에 많은 경험이 있거나, 또는 직접 경험은 없다고 하더라도 이미 알 건 다 알고 있는 매우 높은 경지에 올라 있다고 믿는 것 같았기 때문이다.

그런 상황에서 시시콜콜한 것들을 물어봤다가는 대장 형의 마음에 크나큰 실망과 함께 깊은 상처를 안겨 주게 될지도 모르니까.

그래서 그냥 내 눈치와 동물적인 감각을 믿고 따르기로 했다.

그렇지만, 다른 건 몰라도 당장 요거 하나만큼은 너무 궁금해서 견딜 수가 없다.

수박밭까지는 얼마나 걸리는 걸까?

여기는 마을의 끝이라 출발과 동시에 이미 마을을 벗어나기 시작했으니, 앞으로 5분이나 10분?

그건 너무 가깝나? 그렇게 가까이 있으면 우리 같은 전문꾼들뿐만 아니라 온갖 어중이떠중이들까지도 수시로 들리겠지?

그러니 누구든지 수박밭을 경작한다면 귀찮아서라도 조금은 더 멀리서 하겠지?

그렇다면 30분 정도?

그렇게 멀면 누가 가겠나? 가마라도 대령한다면 모를까 다리가 아파서 모시러 와도 못 가겠네.

아니지, 공짜라면 양잿물도 마신다는데.

물어볼까 말까?

그래, 좋아. 더도 말고 덜도 말고 요거 딱 하나만 물어보자.

시종일관 입을 꾹 다물고 가만히 있으면 벙어리로 오해할 수도 있고 바보 같아 보일 수도 있잖아.

이미 잘 알고 있는 것처럼 자연스럽게 물어보면 그것 때문에 무시당하지는 않겠지.

그렇다면 대장 형 말고 다른 형에게 은근슬쩍 물어보는 게 더 좋겠다.

혹시라도 나를 발탁한 대장 형을 실망시킬 수는 없는 일이니까.

예쁜 누나에게 물어보고 싶지만 그것도 문제가 있다. 그랬다가는 수작을 건다고 오해할지도 모르니까.

나는 마침 바로 옆에 있는 회비를 걷던 형에게 내 예상보다 훨씬 높여서 물어보기로 했다.

그렇지 않으면 내 밑천이 아주 짧다는 게 드러날 수도 있을 테니까.

그렇게 결정은 했지만 막상 말문이 열리지 않는다.

뭐라고 말을 해야 하나?

어떻게 말을 꺼내야 하나?

"너, 거기까지 얼마나 걸리는지 아니?"

아니? 내 생각을 어떻게 알았을까? 그냥 곁눈질로 아주 살짝 쳐다보기만 했었는데.

정말 부럽다 부러워. 저 정도 눈치라면 앞으로 먹고살 일은 걱정하지 않아도 되겠구나.

그 형은 내 대답을 기다리지 않고 말을 시작했다.

"두 시간 정도 걸려. 몰랐지? 도착하면 알려 줄 테니 따지지도 말고, 묻지도 말고, 걱정도 말고, 무작정 그냥 따라와. 두 시간은 금방이야."

뭐라고? 두 시간이라고?

내가 잘못 들었나? 한 시간도 아니고 두 시간씩이나, 그것도 아주 당연하다는 듯이 말을 하는 게 아닌가?

그냥 가까운 데서 하지, 뭘 그렇게 힘들게 멀리까지 가나?

가까운 곳에는 수박밭이 하나도 없나?

그러나 궁금한 표정을 했다가는 그런 것도 모르느냐고 무시당할 수도 있기 때문에 입을 꾹 다물고 가만히 있기로 했다.

내가 급할 게 뭐가 있나?

답답하면 지가 먼저 말을 계속하겠지.

그런 내 심정을 아는 건지 아니면 원래 말이 많은 건지 정말 고맙게도 그 형이 자세히 설명을 해 주었다.

설명을 듣고 보니 그건 그럴 만한 이유가 있었다.

수박 서리는 원래 멀리 떨어진 다른 동네로 원정을 간다고 한다. 특히 우리 같은 전문꾼들일수록 아주 멀리 간다고 한다.

단순히 자기가 살고 있는 동네에 피해를 주지 말자는 그런 착한 얘기가 아니다.

아주 큰 동네라면 모를까, 이런 작은 마을에서는 자기 동네에서 서리하다가 들키게 되면 붙잡히지 않더라도 주인이 누가 누구인지 다 알아 버리기 때문이라는 것이다.

어두워서 얼굴이야 보이지 않겠지만 저 멀리 희미한 형체만 보더라도.

심지어는 그림자나 숨소리나 냄새나 발자국 소리만으로도.

누구네 집 몇째 자식이고 이름이 무엇인지까지도 다 알아 버리기 때문에 그래서 아주 멀리로 간다는 것이다.

듣고 보니 멀리로 가야 한다는 게 충분히 이해가 되고도 남는다.

서리를 한답시고 조심스럽게 수박을 따고 있는데 저 멀리 어둠 속에 주인이 슬그머니 나타나서는 "상백아, 정우야, 뭐 하~니?" 하고 멜로디까지 넣어 가며 이름을 또박또박 불러 버린다면 그보다 더 황당한 일이 어디 있으랴?

태어날 때부터 지금까지 자라오는 과정을 모두 다 지켜보았을 텐데.

배꼽이 얼마나 튀어 나왔는지.

등짝에 점이 몇 개나 있는지.

덧니는 몇 개인지.

그리고 그 집에 밥숟가락이 몇 개인지까지도 전부 다 알고 있을 텐데.

그런데도 누군지 몰라본다면 그건 너무 섭섭하지.

더구나 사정이 그러하다면 여기 일당 중에 누군가는 아예 자기네 밭이거나 아주 가까운 친척의 밭일 텐데.

그래 가지고서야 무슨 재미로 수박 서리를 한단 말인가?

내 것이 아니라 남의 것을 훔쳐 먹어야 재미가 있고, 붙잡히면 맞아 죽는다는 확실한 보장이 있어야 스릴도 있지.

하지만 아무리 그래도 2시간은 너무 멀다. 왕복하면 무려 4시간이라는 말이 아닌가?

과연 내가 그 먼 길을 걸어갈 수 있을까? 그렇게 오래 걸어본 적은 한 번도 없는데.

더구나 제대로 된 길도 아니고 사람들의 눈을 피해 산길이나 수풀을 헤치고 가야 할 텐데.

설마 깎아지른 바위산을 넘거나, 거센 물살이 소용돌이치는 깊은 강을 건너거나, 총을 든 군인들이 지키고 있는 접경지대를 통과하는 건 아니겠지?

수박밭으로 가는 길에는 수다도 없고 군가도 없고 구령도 없고 횃불도 없다.

목표를 향해 마치 유령처럼 소리 없이 조용히 전진해 갈 뿐이다.

도둑놈들인 주제에 나 여기 있노라고 시끄럽게 떠들거나 불빛을 번쩍거려서 좋을 일은 아무것도 없을 것이기 때문이리라.

밤공기가 너무 차가워서 그런지 아까부터 어째 등골이 으스스하다.

낮에는 하나도 무섭지 않았던 것들이 지금은 전부 다 무섭고,

숲속에서 들려오는 바스락거리는 소리까지도 온통 신경을 곤두서게 만든다.

그리고 보니 불빛이 사라진 지도 꽤 오래다.

하긴 우리가 모였던 장소가 동네 하나뿐인 가로등 밑이었으니 당연히 그럴 수밖에.

"오~우~~~~~~~."

헉! 이게 무슨 소리?

갑자기 어디선가 그리 멀지 않은 곳에서 정체 모를 짐승이 소름끼치는 소프라노 톤으로 길게 울부짖고 있다.

굶주린 맹수들의 습격을 받을지도 모르고.
밀렵꾼들이 쳐 놓은 덫에 발목이 잘릴지도 모르고.
곤히 잠자고 있는 독사를 밟을지도 모르고.
가파른 벼랑으로 굴러떨어질지도 모르고.
헤어날 수 없는 깊은 수렁에 빠질지도 모르고.

그러나 그런 것들은 아무것도 아니었다.
정말 무서운 복병은 따로 숨어 있었으니!

마을을 완전히 벗어나 불빛이라고는 전혀 없는 칠흑같이 어두
운 산길로 접어들 때쯤에서야 비로소 나는 그걸 알게 되었다.

헝클어진 머리카락을 길게 늘어뜨리고.
시뻘건 눈알은 지옥 불처럼 이글거리고.
입에서는 검붉은 피를 토해 내고.
날카로운 송곳니는 심장을 얼어붙게 하고.

눈에 보이는 건 뭐든지 다 잡아먹고.
사람을 홀려서 영혼을 뺏어 가고.
이미 죽었기 때문에 또 죽일 수도 없고.

그것은 바로, 귀신이었다.

저승으로 가는 길인가?
깊은 산속으로 이어지는 시커먼 오솔길.

왜 나만 노려보나?

무덤마다 잔뜩 웅크리고 앉아 있는 수많은 귀신들.

흡혈귀의 소굴인가?
목에 꼽힌 빨대처럼 삐죽삐죽 솟아 있는 나무들.

쳐다만 봐도 섬뜩해지는 낡아 빠진 폐가.
밤길엔 꼭 나타나는 스러져 가는 서낭당.
그 안의 귀신들이 입맛을 다시며 우리를 노려보고 있을지도 모른다.

그런데도 형들은 귀신이 얼마나 무서운지를 잘 모르고 있는 것 같다.

시골뜨기들은 원래 겁이 없나?
아니면 모두들 무섭지만 체면상 애써 외면하고 있나?

나도 모르게 소름이 끼치며 등골이 오싹해지고 뒷덜미가 간질간질해져서 자꾸만 뒤를 돌아보게 된다.

그렇지만 나는 아무렇지도 않은 척 태연을 가장하고 자연스럽게 대열의 중간을 유지하고 있다.

맨 뒤로 쳐졌다가는 귀신도 모르게 귀신에게 잡혀가는 수가 있을 테니까.

너무 무서워서 모든 걸 포기하고 싶지만, 혼자서 도망이라도 가고 싶지만, 그러나 이제는 그럴 수도 없다.

나는 집으로 가는 길도 모르고 혼자 있으면 어느 귀신이 잡아갈지 먼저 보는 귀신이 내 임자가 될 테니까.

그러니 죽든 살든 형들과 운명을 같이할 수밖에.

무식하면 용감하다고, 이렇게 무서운 줄 알았더라면 절대로 따라오지 않았을 텐데.

그런데 내 눈에는 왜 여자 귀신들만 보이는 걸까?

혹시 내가 남자라서 그런가?
아니면 원래 남자 귀신은 없는 것인가?

아니지, 짚신도 짝이 있다는데 내가 몰라서 그렇지 당연히 남자 귀신도 있겠지.

단지 내가 겉으로 보고 구분을 못할 뿐이겠지.

하긴 뭐, 나는 사람도 남자인지 여자인지 겉으로만 보고는 잘 모르는데 하물며 귀신을 어떻게 구분하랴.

그나저나 왜 이렇게 귀신이 무서운 걸까?

"아야!"

으아~~. 눈앞에 불꽃이 번쩍 튀며 목구멍이 콱 막혀 숨을 쉴 수조차 없다.

처음에 한두 번은 억지로라도 참고 견디었지만 이제는 인내의 한계를 벗어나고 있다.

벌써 몇 번이나 돌부리를 걷어차서 발가락이 싹둑 잘려 나가기라도 한 듯이 엄청나게 아프다.

아마 양쪽 엄지발톱이 모두 산산조각이 났나 보다.

이건 조심한다고 해서 해결될 문제도 아니다.

길은 제멋대로 울퉁불퉁한데 너무 어두워서 도무지 땅바닥이 제대로 보이질 않으니 아무리 조심해도 소용이 없다.

이제 쪽팔리는 것 따위는 잊은 지 오래다.

언제부턴가 나도 모르게 다리를 절뚝거리고 있고, 가슴속 깊숙한 곳으로부터 고통에 절은 신음 소리가 절로 흘러나오고 있다.

하지만 아무도 나를 도와주려는 사람은 없다. 죽든 말든 아예 신경도 쓰지 않는다.

다들 제 코가 석 자거나, 아니면 내가 이렇게 많이 아픈 줄 모르고 있거나.

그렇다면 형들은 어떻게 돌부리를 피해 가는 것일까?

시골에 살다 보면 어둠에 익숙해져서 나름대로 요령이 생기는 게 아닐까?

그 요령을 지금 내가 배울 수는 없을까?

그런데 유심히 살펴보니 자주는 아니지만 형들도 어쩔 수 없이 가끔씩은 돌부리를 걷어찬다.

그렇지만 아무렇지도 않은 듯 그대로 유유히 길을 간다.

이것은 무얼 의미하는가?

그 정도는 아무것도 아니라는 말인가?
그냥 참을 만하다는 말인가?

그게 아니다. 형들은 모두들 항공모함처럼 크고 두꺼운 신발들을 신고 있다는 말이다.

크고 두꺼운 신발이 없으면 아빠 구두라도 슬쩍 빌려 신고 왔다는 말이다.

구두가 크면 신문지를 구겨 넣거나 양말을 서너 켤레 겹쳐 신으면 될 게 아닌가?

깜깜한 밤에는 저렇게 앞이 두툼한 비싼 신발을 신어야 하는 건데, 그런 줄도 모르고 나는 종잇장처럼 얇은 신발을 신고 왔으니 당연히 그럴 수밖에.

그나마 안 신던 양말이라도 신고 온 게 조금이나마 다행이라면 다행이다. 상처를 감싸는 붕대 역할이라도 하겠지.

긴 옷으로 갈아입을 때 눈에 뜨이기에 아무 생각 없이 그냥 신고 온 건데. 참 잘했구나.

그렇다면 이제부터라도 기린처럼 다리를 높이 들어 껑충껑충 걸으면 어떨까?

달리 방법이 없으니 그렇게라도 해야겠지. 하지만 잠깐이라면 모를까 그것 또한 다리가 길어야만 가능한 일이리라.

뱁새가 황새를 따라가면 가랑이가 찢어진다고, 다리는 짧으면서 빨리 따라가려다 보니 자꾸만 돌부리를 걷어차게 되고 그때마다 영락없이 발톱이 깨지게 되는 것이다.

불쌍한 양쪽 엄지발가락이 물에 젖은 듯이 축축하다. 아마 피가 나고 있나 보다.

깨진 발톱이 망치에 찍힌 듯이 아리고 끓는 물이라도 쏟아부은 것처럼 발가락은 물론 발목까지 화끈거린다.

사정이 이러하니 살짝이라도 부딪히면 비명이 절로 나오며 한참 동안 숨을 쉴 수조차 없다.

끝까지 참고 견디어 봐야겠지만 과연 이런 상태로 얼마나 더 버틸 수 있을까?

정말 큰일이다. 아직 반의반도 못 왔을 텐데.

도대체 여기는 어디쯤인가?
얼마나 더 가야만 하는 것인가?

형들이야 무려 10년도 넘는 장고한 세월 동안 여기서만 살아왔으니 한쪽 눈을 감고도 어디쯤인지 알고 있겠지.

아니, 양쪽 눈을 모두 감아도 마찬가지겠지. 머릿속에 이 일대의 지도가 상세하게 입력되어 있을 테니까.

하지만 나는 감을 잡기는커녕 암흑으로 둘러싸인 외계 행성 같은 미지의 세상이 그저 혼란스럽기만 할 뿐이다.

휴~, 아무리 힘들더라도 긍정적으로 생각하자.
아픈 거야 이빨을 꽉 깨물고 참으면 되겠지.

사람이 죽으라는 법은 없다는데 설마 죽기야 하겠나?
숨이 넘어가기 전에 무언가 해결책이 나오겠지.

발톱 걱정도 하지 말자. 예전에도 그랬듯이 이번에도 빠지면
알아서 또 나오겠지. 안 나오고 버티면 저만 손해지.

그나마 다행스러운 것은 이제 더 이상 무서운 귀신 생각은 나
지 않는다는 것이다.

왜 그럴까?

아마 사람은 한 번에 한 가지씩만 느끼는 게 아닐까? 그중 제일
심각한 걸로.

만약 여러 가지를 동시에 전부 다 느낀다면, 무섭기도 한데다
가 여기도 아프고 저기도 아파서 도저히 견딜 수가 없을 텐데.

그것 참, 누가 만들었는지 참 잘 만들었다.

한 번에 하나씩만 느낀다?

잠시나마 발가락이 아픈 걸 잊어버리려고 껑충껑충 더욱 높이 걸으며 고개를 들어 저 멀리 밤하늘을 바라본다.

언제나처럼 수많은 별들과 희뿌연 은하수가 떠 있다.

하지만 오늘은 은하수를 타고 어디론가 멀리 떠나는 따위의 배부른 공상은 진작 접어 두었다. 아쉽지만 그럴 만한 마음의 여유가 전혀 없다.

그런데 아까부터 뭔가 좀 이상하다 했더니 하늘에 달이 안 보인다.

아직까지 안 뜨는 걸로 봐서 아마 오늘은 그냥 안 뜨고 말려나 보다. 달만 떴어도 돌부리를 피해 갈 수 있을 텐데.

뭐든지 당해 봐야 아는 법. 그동안은 달님이 그저 예쁘다고만 생각했었는데 이렇게 고마운 존재라는 것을 처음으로 절실하게 느낀다.

달님! 달님! 감사합니다.

저는 달님을 제일 좋아한답니다.

혹시 지금 좀 뵐 수 있을까요?

아하, 그러고 보니 오늘이 바로 그믐인가 보다.

그래서 대장이 오늘로 날을 잡은 게 아닐까? 달이 없어야 어두워서 들키지 않을 테니까.

달은 없지만 그래도 모두들 희미한 별빛에 의지해 어렵게 길을 간다.

알고 보니 별빛도 꽤나 밝은 편이다. 달님처럼 별님도 고마운 존재라는 데 적극 동의한다.

별님! 별님! 정말 감사합니다.

저는 별님을 사랑합니다.

별님 덕분에 이렇게 길을 가고 있네요.

갑자기 웬 별님 타령이냐고?

아, 이 말씀을 빼먹었다가는 나중에 별님이 무슨 행패를 부릴
지 아무도 모르기 때문이다.

그나마 날씨가 흐리지 않아서 천만다행이다. 만약 먹구름이라
도 잔뜩 끼었더라면 앞이 전혀 보이지 않아서 수박 서리는 고사
하고 한 발짝도 떼지 못할 뻔했다.

구름님! 구름님!
하늘을 가리지 않아 주셔서 대단히 감사합니다.
구름님도 고마운 존재라는데….

에이 그만하자. 너무 속보인다.

밤이 깊어서인가? 달이 없어서인가?
오늘따라 별들이 유난히 선명하고 밝게 빛난다.

저기 산에 오르면 가까운 별은 손으로 잡을 수도 있겠다.

몰랐는데, 별을 따려면 오늘 같이 달이 없는 날 따는 게 좋겠

다. 저렇게 별들이 많은데 내가 몇 개 딴다고 누가 알 게 뭐람.

순간, 문득 불길한 생각이 떠오른다.

그렇다면 지금 수박밭 주인이 두 눈을 부릅뜨고 우리를 기다리고 있는 게 아닐까?

오늘 같은 그믐밤이면 꼭 누군가 온다는 걸 경험상 잘 알고 있을 테니까.

붙잡히고 싶어서 안달이 난 아이들이 아니라면 다들 오늘 같이 달이 없는 날을 택하지, 조명탄을 터뜨린 듯 휘영청 달이 밝은 날을 택할 리는 없지 않겠나?

이거 아무래도 날을 잘못 잡은 게 아닌가?

그렇지만 그런 걱정은 이만 접기로 했다. 다시 생각해 보니 반드시 그믐날에만 오는 것은 아닌 것 같다.

초승달이나 그믐달은 빛도 아주 희미한데다가, 너무 일찍 뜨거나 너무 늦게 떠서 이 시간에는 아예 구경도 할 수 없을 테니, 오늘 같은 그믐밤이나 무엇이 다르랴?

반달이나 둥근 달이 떠 있는 날이라 할지라도 구름이 오락가락할 수도 있는 일이고, 달무리가 지거나 안개가 낄 수도 있는 일이고, 더구나 월식이라는 것도 있지 아니한가?

다만 심하게 흐리거나 비가 오는 날은 구름이 하늘을 가려 앞이 하나도 보이지 않을 테니, 오라고 사정을 해도 못 오겠구나.

그게 아닌가?
야간 투시경을 쓰고 오나?

그러니 택일을 하는 것은 오로지 서리꾼들의 변덕스런 마음에 달려 있을 뿐, 그 누구도 알 수가 없다고 봐야 한다.

그래, 걱정은 이만 털어 버리자.

그 어떤 최악의 경우라도 나에게는 비장의 호박 변신술이 있지 아니한가?

그 무엇도 결코 내 앞길을 가로막지는 못하리라.

"아야!"

으아~~. 빨리 따라가려다 또 돌부리를 걸어찼다.

마치 감전이라도 된 듯 발끝부터 머리끝까지 온몸이 저릿저릿 해지며 눈물, 콧물이 몽땅 쭉 빠져나온다.

더 이상 견디는 것은 무리다. 무슨 수를 내야지, 이러다가는 발톱이 하나도 남아나지 않겠다.

아니, 이제는 발톱이 문제가 아니라 사람이 통째로 쓰러지게 생겼다.

발가락을 잘라 버릴 수도 없고 그렇다고 귀신 때문에 나 혼자 걸음을 멈출 수도 없는 일이니, 이 일을 어찌하면 좋단 말인가?

나는 지금 상황을 결코 현실이라고 인정하고 싶지 않다.

혹시 이게 꿈은 아닐까? 환상은 아닐까?

꿈이라면 빨리 깨어나야 하고 환상이라면 즉시 벗어나야 한다.

눈을 부릅떠 보기도 하고 감았다 떠 보기도 하지만 야속하게도 모든 게 그대로다. 세상이 조금도 변하지 않고 있다.

그렇다면 오히려 환상 속으로 도망을 가는 것은 어떨까? 내가 잘하는 건 오로지 그것뿐인데.

"아야!"

으아~~ 또 돌부리를 걸어찼다.

아직 입신의 경지에 이른 것은 아니기에 이런 지독한 고통 속에서 환상을 불러온다는 것은 도저히 불가능하다.

이제는 드디어 올 때까지 온 것인가?
도저히 살아날 방법은 없는 것인가?
나는 이대로 무너지고 마는 것인가?

하느님! 제가 그동안 살아오면서 무슨 큰 잘못을 저지른 게 있다고 이토록 극심한 고통을 주시나요? 정말 너무하신 거 아니에요?

수박을 훔치게 되면 저는 하나도 먹지 않고 모두 갖다 바치겠

사오니 제발 저 좀 살려 주세요.

　이럴까 저럴까 생각만 하지 마시고 빨리 어떻게 좀 해 주세요.
너무 급하단 말이에요. 제발…….

수박밭에 도착

"모두 엎드려!"

깜짝이야!

갑자기 앞서가던 대장이 허리를 숙이며 아주 작은 소리로 들릴락 말락 속삭인다.

그 작은 소리에도 모두들 반사적으로 제자리에 주저앉으며 바닥에 납작 엎드리고 있다.

무언가 비상사태가 발생한 게 틀림없다.

무슨 일일까?

귀신은 아닐 테고 혹시 사람이 나타났나?

어둠 속에서는 귀신보다 사람이 더 무섭다는 말도 있던데.

혹시 수박밭으로 가는 길목을 지키는 파수꾼인가?

하지만 아무리 눈을 크게 뜨고 주변을 돌아봐도 사람은커녕 그림자도 보이지 않고 아무런 낌새조차 느낄 수 없다.

그렇다면 그냥 여기서 잠시 쉬어 가자는 것인가?

단지 쉬어만 갈 거라면 모두들 이렇게 숨을 죽이고 납작 엎드려 있어야 할 이유가 없지 아니한가?

초조한 심정으로 조금 더 멀리 저 앞쪽을 바라보니 어둠 속에 어렴풋이 우뚝 솟은 무언가가 보인다.

뭐지? 저 희미한 윤곽의 정체는?

뭐야? 원두막인 것 같은데?

그래! 눈을 비비고 다시 봐도 저건 원두막이 틀림없다.

잠깐.

그렇다면 혹시 수박밭에 도착했다는 말이 아닐까?

그것 말고는 지금 우리 앞에 저 원두막이 있어야 할 그 어떤 이유도 생각나지 않는다.

조금만 돌아가면 될 것을 굳이 아무런 상관도 없는 원두막을 스쳐 지나가야 할 이유가 없지 않나? 그러다 들키면 괜한 오해만 사게 될 텐데.

오케이. 드디어 목표 100미터 전이라는 데 전적으로 동의하며 어떠한 타협도 수용하지 않겠다.

누가 말해 주지 않아도 이제부터는 절대로 말을 하거나 소리를 내서는 안 된다는 것을 본능적으로 느낄 수 있다.

아마 이런 걸 동물적인 감각이라고 하는 게 아닐까?

"조용히 앞으로!"

대장이 손을 높이 들고 다시 작은 소리로 속삭인다.

그래! 역시 내 생각이 맞았다. 이제 목적지에 도착했다는 말이다.

만약 여기가 단순한 경유지에 불과하다면 비껴가면 그만이지, 이렇게 원두막을 향하여 소리 없이 조용히 기어가야 할 이유가 없다.

어라? 금방 기도를 한 덕분일까?

신기하게도 조금 전까지만 해도 돌에 찍힌 듯이 아프던 발가락이 지금은 하나도 아프지 않다.

어찌된 일인지는 모르지만 역시 사람이 죽으란 법은 없나 보다.

하느님, 극심한 고통으로부터 해방시켜 주셔서 정말 감사합니다.

그런데…….
혹시 제가 수박을 모두 갖다 바치겠다고 말씀드렸던가요?

거의 똑같은 말인데요.

딱 한 개만 제가 가져가고요. 나머지는 모두 수박밭에 그대로 두고 가도록 하겠습니다.

근데 뭐야 이거?

이제 겨우 30분쯤 걸어온 것 같은데?

넉넉하게 10분을 더 보태 줘도 40분 정도인데?

그렇다면 아까 2시간이라는 말은 완전히 뻥이었잖아.

오히려 삼십 분이라는 내 생각이 맞는 거였잖아.

어떻게 그럴 수가?

왕복에다가 수박을 따는 시간까지 전부 다해서 2시간이라는 말이었나?

그게 아니라면 나를 놀려 먹으려고 거짓말을 했던 거야?

하기야 곧이곧대로 믿은 내가 바보지. 원래 말이 많은 사람은 뻥도 심한 법이라 그대로 다 믿으면 안 되는 거였는데.

뭐, 그렇다고 이제 와서 따져 물을 필요도 없다.

틀림없이 무슨 말도 안 되는 핑계를 대거나, 아니면 아예 오리발을 내밀며 내가 언제 그랬느냐고 오히려 더 큰소리를 칠 테니까.

어찌되었든 아직도 갈 길이 까마득한 줄로만 알았었는데 생각보다 빨리 도착해서 정말 다행이다.

깨진 발톱이 너무 아파서 귀신만 아니라면 당장 이 자리에 주저앉고 싶은 심정뿐이었는데.

좋다. 좋다. 너무 좋다. 이렇게 좋을 때는 물 흐르듯이 그냥 조용히 흘러가야 한다.

절대로 따지고 들면 안 된다. 무엇이든지 내가 불리할 때만 따져야 하는 것이다.

아니나 다를까, 뻥쟁이 형이 징그럽게 웃으며 슬그머니 다가와 내 귀에 대고 들릴 듯 말 듯 속삭인다.

"흐흐흐. 다 왔어. 바로 저기야."

이 뻥쟁이야. 나도 알고 있다.

대장이 더 이상 별다른 말이 없이 계속 살금살금 전진해 가는 걸로 봐서, 다행스럽게도 이 동네는 수박 서리를 할 때 옷을 벗는 것은 아닌가 보다.

만약 그래야 한다면 여기까지 오기 전에 진작 벗어서 숨겨 놓아야 했을 테니까.

휴~, 정말 다행이다. 이제야 걱정이 모두 해소되었다.

사실 형들과 누나들은 전부 다 옷을 홀딱 벗고 있는데 나 혼자만 벗지 않고 버티고 있다는 게 그리 쉬운 일만은 아닐 터.

공중목욕탕에서 다른 사람들은 전부 다 발가벗고 탕에 들어가 있는데, 혼자만 옷을 입은 채로 탕에 입수하는 것과 무엇이 다르랴?

겸사겸사 때도 밀고 빨래도 하려는 걸로 오해하고 목욕탕 주인이 당장 끌어내지 않겠는가?

또한 정체성에 관하여 괜한 오해를 받을 수도 있는 일이기에 걱정이 태산 같았는데 정말 다행이다.

또 다른 하나는 혹시 나에게 옷을 지키라고 하지 않을까?

옷을 지키는 당번으로 나를 데리고 온 게 아닐까?

그래서 회비를 면제해 준 게 아닐까?

은근히 그런 걱정을 많이 하고 있었는데 적어도 그런 것은 아니라는 말이다.

만약 옷 당번을 해야 한다면 나는 수박 서리를 할 수 있는 절호의 찬스를 놓치게 되는 것은 물론이거니와, 나중에 누군가 무용담을 들려 달라고 한다면 그땐 정말 큰일이 아닐 수 없을 것이다.

옷을 지키는 막중한 임무를 수행하고 있었노라고 말할 수는 없는 노릇이 아닌가?

그러나 사실 그런 건 아무것도 아니라고 볼 수도 있다.

거짓말로 멋들어지게 꾸며 대거나, 아니면 두꺼운 얼굴로 무장하고 한두 번 창피를 당하면 그만일 테니까.

진짜 큰 문제는 혼자서 옷을 지키고 있으면 귀신들이 절대로 나를 그냥 내버려 둘 리가 없다는 것이다.

온갖 귀신들이 "이게 웬 떡이냐?" 하면서 떼거리로 달려들지 않겠는가?

적어도 여기에서 꽤 멀리 떨어진 으슥한 곳에 혈혈단신 나 홀로 남겨져 있어야 할 테니까.

누가 뭐래도 나는 사람보다 귀신이 훨씬 더 무섭다.

괜히 무서운 생각을 해서 그런지 아직 수박밭에 들어간 것도 아니고 그냥 멀리서 바라만 볼 뿐인데도, 벌써부터 놀란 참새처럼 눈이 똥그래지고 오금이 저려 오며 온몸에 진저리가 난다.

다행스럽게도 원두막에는 아무런 불빛도 없고 인기척도 없다. 너무 조용해서 오히려 그게 이상할 정도다.

어쩌면 주인이 곤히 잠을 자고 있거나 원두막이 텅텅 비어 있는 것인지도 모른다.

나라면 서리꾼들의 접근을 막기 위해서 불도 환하게 켜 놓고 라디오도 크게 틀어 놓을 텐데.

그게 아닌가?

불을 켜 두면 적은 나를 볼 수 있겠지만 나는 눈이 부셔서 적을 볼 수가 없겠구나.

그리되면 동물원의 원숭이처럼 오히려 내가 구경거리가 되고 말겠구나.

라디오를 크게 틀어 놓으면 다른 소리를 들을 수 없을 테니 오히려 서리꾼들을 불러들이는 격이 될 수도 있겠구나.

거참, 내가 걱정하지 않아도 다들 아주 똑똑하구나. 앞으로는 남의 걱정은 말고 내 걱정만 하면서 살아도 되겠구나.

드디어 울타리가 바로 코앞이다.

갑자기 뒤통수에 짜릿한 충격이 느껴지며 가슴이 쿵쾅거리는 소리가 귓속까지 전해져 온다.

지금까지는 대장이 언제라도 작전을 취소할 수 있었지만, 이 울타리를 넘으면 아무것도 되돌릴 수 없게 된다.

어쩌면 완전히 차원이 다른 새로운 세상으로 넘어가는 것인지도 모른다.

나중에 무사히 현실 세계로 귀환하려면 잠시도 방심을 해서는 아니 된다.

각오를 단단히 하고 정신을 집중해야 한다. 잘못하면 혼자 영원히 여기에 남게 될지도 모르니까.

우리는 대장을 따라 조심스럽게 다가가서는, 여기저기로 뿔뿔이 흩어져서 구렁이처럼 천천히 울타리를 넘어 수박밭으로 기어들어갔다.

뭐야, 이건 너무 쉽잖아?

일부러 입장하게 쉽도록 울타리를 전부 다 허물어 놓은 것처럼 보인다.

뭐, 울타리랄 것도 없다. 여기저기 줄을 걸쳐 놓은 게 전부다. 그나마 잡초 덩굴들이 길게 자라나 그 덕분에 겨우 울타리의 모양을 유지하고 있을 뿐이다.

울타리를 넘는 게 가장 힘든 일이 아닐까 생각했었는데 허탈하기까지 하다.

이렇게 허술해도 되는 건가? 서리를 막으려면 최소한 철조망이라도 쳐 놓았어야 하는 거 아닌가?

하긴 이 넓은 밭에 제대로 된 울타리를 치려면 수박을 다 팔아도 모자라겠다.

그래도 긴장을 풀기에는 너무 이르다고 본다. 일단 울타리 안으로 유인한 다음, 한꺼번에 몽땅 사로잡으려는 수작인지도 모른다.

어찌되었든 모두들 무사히 무료 입장 완료!
특별 초대 손님만 무료라더니 이제 보니 누구나 다 무료다.

이제 운명의 주사위는 던져졌다. 지금부터는 각자 알아서 자신의 한 몸을 책임져야 하고 무슨 일이 일어날지는 아무도 모른다.

갑자기 대낮처럼 눈부신 조명등이 켜지고, 하늘 높은 곳에서는 펑펑 불꽃놀이까지 더해지며 "수박 서리 오신 것을 진심으로 환영합니다."라는 멘트가 바람을 타고 들려오는 것 같은 환각이 언뜻 스쳐 지나간다.

가끔씩 나타나는 초자연 현상이다. 나는 이런 것을 초능력의 전조 현상이라고 믿고 있다.

하지만 정말 그렇다면 보안군이 투입된 것이고 우리는 모든 게 끝장이 났다고 봐야 한다. 누가 뭐래도 우리는 환영을 받을 만한 입장이 전혀 아니다.

환각이 사라지며 여기저기 커다란 수박들이 둥글둥글 눈에 들어오기 시작한다.

주렁주렁 참 많이도 달려 있다.
이게 전부 합하면 돈이 얼마야?
여기 밭에서는 한 개당 얼마씩이나 받나?

이렇게 많이 열리는 줄은 몰랐는데 수박밭을 하면 금방 부자가 되겠다.

그렇다면 수박밭 주인이 되는 것도 일단 리스트에 올려놓을까?

에이 관두자. 우리 같은 서리꾼들을 몽땅 싹 쓸어버릴 무슨 묘수라도 있다면 모를까, 그렇지 않다면 밤에 잠도 제대로 못 자고, 마음도 상하고, 손해도 이만저만이 아닐 텐데.

내가 왜 그런 어리석은 짓을 한단 말인가?

어둠 속인데도 줄무늬가 선명한 게 참으로 예쁘고 아름답다.

줄무늬는 어떻게 만드는 걸까? 얼룩소나 얼룩말처럼 저절로 무늬가 생기는 것인지도 모르고, 밭 주인이 먹줄로 튕기는 것일지도 모른다.

이제 어둠이 완전히 눈에 익었나 보다. 저 멀리까지 원두막들이 여기저기 삐죽삐죽 솟아 있는 게 보인다.

그렇다면 이 일대가 전부 수박밭이 아닌지?

저기 원두막 옆으로는 나지막한 구조물들이 길게 이어져 있다. 사람이 사는 집이라고 보기에는 허술하기 짝이 없을 뿐만 아니라 규모도 너무 크다.

아마도 구수한 냄새로 미루어 볼 때 축사가 아닌지?

어촌이라면 비린내가 풍겨야 어울리고 농촌이라면 기본으로 이런 냄새 정도는 풍겨야 정이 가지.

수박도 재배하고 소도 기르고 정말 부지런한 분들이로구나.

소똥은 수박 거름으로 이용하고, 깨지거나 팔고 남은 수박은 소에게 주고. 서로서로 상부상조네.

수박만 심는다면 겨울에는 할 일이 없을 텐데 겨울에도 놀지 않고 일할 수 있으니 금방 부자가 되겠네.

오늘 견학을 오길 아주 잘 했다. 정말 배울 게 너무너무 많구나.

아 참, 혹시 젖소가 있다면 우유 서리는 어떨까?

젖꼭지에서 직접 쭉쭉 빨아 먹으면 훨씬 더 신선하고 고소하지 않을까?

혹시 주인에게 들키면?

머리로 젖통을 툭툭 치며 "음매~~." 송아지 흉내를 내면 될 게 아닌가? 그런 게 바로 진짜 변신술이지.

아 참, 혹시 한우가 있다면 고기 서리는 어떨까?

꼬랑지를 싹둑 잘라 먹거나 갈비나 등심이나 족발이나 간을 꺼내 먹으면 매우 곤란하겠지만, 궁둥이를 슬쩍 베어 먹고 약을 발라 주면 금방 또 새살이 돋아날 게 아닌가?

안 되겠구나. 아무리 고기가 먹고 싶어도 양심상 도저히 그런 짓은 못 하겠구나.

잘려 나간 궁둥이가 얼마나 아플까? 너무나 잔인하고 몰인정하고 비인간적이고 동물 학대에 해당되는 일이로구나.

"딸그랑!"

헉, 이게 무슨 소리?

***

어디선가 들려오는 정적을 깨뜨리는 요란한 깡통 소리!

모두들 비바람에 쓰러진 허수아비들처럼 제멋대로 납작 엎드린 채 꼼짝도 하지 않는다.

주위를 살펴보니 깡통들이 한두 개가 아니라 여기저기 많이도 널브러져 있는 걸로 봐서, 의미 없이 버려진 게 아니라 주인이 설치해 둔 보안 시설이 틀림없다.

그렇다면 혹시 주인이 눈치를 챈 게 아닐까 하는 불안한 생각이 고개를 든다.

스산한 바람이 조용히 스쳐 지나간다. 세상천지가 고요하다.

누가 칠칠치 못하게 깡통을 건드린 것일까?
제발 지키는 사람이 아무도 없으면 좋으련만.
제발 아무 소리도 듣지 못했으면 좋으련만.

그러나 그것도 잠시뿐!

다행스럽게도 원두막에서 별다른 기색이 없자, 10초도 지나지 않아서 성질 급한 형들이 다시 수박을 따느라고 정신들이 없다.

너무 큰 수박을 따서 공처럼 대굴대굴 굴려서 가는 형도 있고, 한 개씩만 따라고 했는데도 하나는 망태기에 담아서 등에 지고 또 하나는 가슴에 안고 있는 욕심쟁이도 있다.

아무리 그래도 10초라니?
최소한 20초 정도는 기다렸어야 하는 거 아닌가?
인간적으로 조금은 더 기다렸어야 하는 거 아닌가?
이거 밭 주인을 너무 무시하는 처사가 아닌가?
앞으로 큰 인물이 되려면 저렇게 대범해야 하는 것인가?

에라, 모르겠다. 나 혼자만 가만히 엎드려 있을 수는 없지 않나? 그러면 나만 손해지.

어느 수박을 딸까?

처음에는 '한 개를 딸까? 두 개를 딸까?'로 고민을 했었지만 지금은 '큰 걸로 딸까? 작은 걸로 딸까?'로 바뀌었다.

막상 수박이 너무 커서 내 힘으로는 두 개는커녕 한 개도 들어

올리기 힘들다.

그리고 그에 앞서 법규는 지키라고 있는 거다.

가져갈 수 있다 해도 두 개를 딸 수는 없다. 나는 착한 서리꾼이지 절대로 나쁜 도둑놈은 아니다.

어떻게 할까? 큰딸은 너무 무거워서 집에까지 업고 갈 일이 걱정이고, 작은딸은 너무 어려서 혹시 덜 익은 게 아닐까 그게 걱정된다.

사실 익지 않은 허연 수박은 가져가 봐도 아무 소용이 없다.
맛이 없어서 먹을 수가 없을 테니까.

그렇게 되면 잘 익은 걸로 바꿔 달라고 수박을 들고 다시 한번 여기에 와야 하나? 서리한 수박도 바꿔 주나?

그렇지만 크다고 반드시 잘 익은 것도 아니고 작다고 꼭 안 익은 것도 아니다.

물론 큰 게 확률은 더 높겠지만 어차피 크나 작으나 잘 익었는지 아닌지는 전혀 알 수가 없다.

나도 형들처럼 손가락을 구부려 수박을 조심스럽게 통통 두드려 보기는 하지만 그래 봤자 아무런 소용도 없다.

나는 촌뜨기가 아니라서 쪼개 봐야 알지 그냥은 알지 못한다.

주먹으로 때려서 지금 한번 쪼개 볼까?
내 주먹에 수박이 끄떡이나 할까?
아니면 던져서 확 깨뜨려 버릴까?

그러면 속은 마음껏 볼 수 있겠지만 가져갈 수가 없게 되겠지. 수박 국물이 줄줄 흘러나와 망태기와 옷까지 죄다 버리게 될 테니까.

수박 물이 들면 빠지지도 않으니까 잘못하면 옷을 영영 못 쓰게 될지도 모른다.

아하, 아마 그래서 예전에 살던 동네에서는 옷을 다 벗고 팬티만 입고 수박 서리를 하는 건지도 모르겠다.

팬티는 다른 사람들에게 보여 주는 게 아니라 속에 입는 거니
깐 수박 물이 들어도 상관이 없을 테니까.

아닌가?
누가 그러는데 보여 주기 위한 팬티도 있다던데?

또 한 가지 걱정은 수박을 집에 가져가면 어디에 숨겨 둘까 하
는 것이다. 엄마 아빠가 수박을 보면 내가 훔쳐 왔다는 걸 금방
알 텐데.

걱정도 팔자라고?

"뽀오오옹~."

아니, 이건 또 무슨 소리인가?
소름끼치는 이 소리는 분명 참다 참다 나오는 방귀 소리가 아
닌가?

누가 이렇게 몰상식한 짓을? 그렇다면 아무리 야외라지만 당분
간은 코를 막고 입으로만 숨을 쉬어야겠다.

소리가 작고 조심스럽긴 했지만 그래도 혹시 원두막까지 전달이 된 건 아닌지?

이렇게 고요한 밤에는 아무리 작은 소리라도 십 리는 가는 법인데.

스파이도 아니면서 긴장하면 꼭 이렇게 신호를 보내는 사람이 있다.

어라? 근데 이거 내가 시간을 너무 많이 끌었나 보다.

왠지 주위가 썰렁해서 둘러보니 벌써 모두들 수박을 다 따서 철수하는 분위기다.

이미 울타리를 넘어 밖으로 나간 형도 있다.

저 형이 제일 빠른 걸 보니 아마 조금 전에 방귀를 뀐 범인이 아닐까?

단지 조금 뒤쳐졌다는 이유 하나로 갑자기 두려움이 몰려오며 똥줄이 활활 타오름을 느낀다.

빨리 서둘러야 한다!

드디어 나도 작고 예쁜 걸로 하나를 골라 재빨리 수박 꼭지를 힘껏 물어뜯었다.

오~ 이게 바로 오늘의 하이라이트인가 보다.

이런 걸 뭐라고 해야 하나? 수박 꼭지를 잡은 손끝이 마치 감전이라도 된 것처럼 엄청나게 짜릿짜릿하다.

요거 하나 훔치는 데 뭐가 이렇게 떨리는지 수박밭에 지진이라도 난 것처럼 온몸이 와들와들 떨린다.

이렇게 간이 작으니 내가 생각해도 도둑질로 먹고살기는 다 틀렸구나.

어럽쇼? 이건 또 무슨 일인가? 어쩐지 뭔가 너무 심하게 짜릿짜릿하더라니 손가락에서 피가 철철 나온다.

오죽했으면 수박 꼭지를 물어뜯는다는 게 내 손가락까지 같이 물어뜯었을까?

손가락이 붙어 있는 게 그나마 다행인지도 모른다.

그나저나 이 아까운 피를 어이하랴?

나는 흐르는 피를 모두 핥아 먹었다.

수박이 거저 생기니깐 좋긴 한데 아무래도 남의 것을 훔치는 것은 내 체질에는 별로 맞지가 않는 것 같다.

처음부터 내내 마음이 엄청나게 불안하기만 할 뿐 하나도 즐겁지가 않다.

주인에게도 미안하고.
수박에게도 미안하고.
울타리에게도 미안하고.
원두막에게도 미안하고.
깨진 발톱에게도 미안하고.
다친 손가락에게도 미안하고.
전부 다 미안하다.

다음부터는 수박 서리를 올 때 꼭 돈을 준비해 와야겠다.

회비를 말하는 게 아니다. 수박을 따는 대신 돈을 꺼내서 그 자리에 돌로 눌러놓으면 될 게 아닌가?

그러면 미안할 일이 뭐가 있겠나?
수박밭 주인은 수박을 팔아서 좋고, 나는 당당해서 좋고.

그럼 수박이 얼마짜리인지는 어떻게 알지?

그야, 주인에게 물어보면 되지.

아니지, 괜히 물어보면 바가지를 씌울지 모르니 그냥 알아서 성심성의껏 봉투에 담아 돌로 눌러놓는 게 좋겠다.

아니라면 주인이 잘 익은 걸로만 골라서 미리 가격표를 달아놓거나.

아참, 봉투에 넣어 두면 빈 봉투로 알고 버릴지도 모르니까 그냥 돌로 눌러놓는 게 좋겠다.

비가 오면 젖을 텐데….
걱정도 팔자라고?

아~. 그나저나 여기 오지 말고 그냥 집에서 잠이나 푹 잤더라면 좋았을 걸.

수박을 따지 말고 그냥 바라만 보았더라면 좋았을 걸.

괜히 마음이 울적해지며 눈물이 핑 돌고 후회가 된다.

어떻게 도로 붙여 놓을 수는 없을까?
이럴 줄 알았더라면 본드라도 가져오는 건데.

"삐이익!!"

으헉! 이게 무슨 소리?

가슴이 철렁하며 온몸이 그대로 얼어붙는다. 소름끼치는 호루라기 소리가 고요한 들판을 뒤흔들어 놓은 것이다.

"이놈들 꼼짝 마라~~."

드디어 올 것이 오고야 말았다.

저기 원두막에서 고래를 닮은 주인이 손전등을 이쪽으로 비추며 고래고래 고함을 지르고 있고.

그 소리를 신호로 주변의 다른 원두막에서도 기다렸다는 듯이 일제히 손전등이 켜지며 날카로운 호루라기 소리가 이어진다.

"삐이익!! 삐이익!! 삐이익!!"

손전등 불빛들이 십자 포화처럼 여기저기로 종횡무진하고 있다.

여기는 그 옛날의 엉성한 주먹구구식 수박밭이 아니다.

깡통을 이용한 첨단 보안 시설에 호루라기와 손전등을 이용한 공동 경비 시스템이 조직적으로 가동되고 있는 최신식 수박밭이다.

비단 설비와 시스템만 좋은 게 아니다.

지금 저기 높은 원두막을 날다시피 단숨에 뛰어 내려오고 있는 고래 아저씨도.

"잡아라~." 하고 고함을 지르며 손전등을 휘두르고 있는 주변 수박밭 주인들도.

모두들 걸음이 느린 할아버지들이 아니라 아주 팔팔하고 날렵한 젊은 오빠들이 틀림없다.

모두들 혼비백산!
걸음아 나 살려라 허겁지겁 울타리를 넘어 도망가고 있다.

다들 얼마나 빠른지 수박밭에는 이미 나 혼자뿐이다. 내가 제일 늦었다.

모두들 도망가는 데는 도사들일 수도 있고, 어느 수박을 딸지 내가 너무 망설인 것 때문일 수도 있다.

정작 깡통을 건드린 형은 아주 멀리 도망갔을 텐데.
방귀 뀐 형도 이미 사라지고 안 보이는데.
괜히 엉뚱한 나만 붙잡히게 생겼다.

하지만 그게 뭐 그리 이상하거나 억울한 일은 아니다. 세상은 원래 그런 것이니까.

공평하기만 하다면 무슨 방법으로 인생 역전을 꿈꾸고.

무슨 기대로 복권을 사고.

무슨 희망으로 하루하루를 살아갈 것인가?

그래도 다행스럽게도 고래 아저씨는 이쪽으로 달려오는 게 아니라 원두막에서 제일 가까운 울타리를 넘어 형들을 쫓아가고 있다.

그래! 이럴 때일수록 무리하게 도망가거나 허둥대지 말고 정신을 똑바로 차려야 한다.

뭔가 좀 의심스럽기는 하지만, 호랑이에게 물려가도 정신만 차리면 산다고 하지 않았나?

나는 이미 제일 늦었고, 똑같이 도망가다가는 다리가 제일 짧은 내가 단연코 불리하다.

아니, 지금은 도망을 가는 게 아니라 오히려 내가 고래 아저씨 뒤를 따라가야 할 웃지도 못할 상황이 되어 버렸다.

호박 변신술

바로 이런 상황에 대비해서 낮에 수없이 연습을 해 두지 않았던가?

대장이 나에게만 특별히 전수해 준 호박 변신술!

그 한마디 한마디가 지금도 또렷이 기억난다.

"쉿! 주인이 나타나면 절대로 도망가려 하지 말고 우선 아랫도리를 홀랑 내리고 그 자리에 납작 엎드려!

그다음 궁둥이를 하늘 높이 들어 올리고 똥구멍에다가 꼬챙이를 꽂으란 말이야.

그리고 '뽕뽕 호박'이라는 주문을 세 번 외우면 금세 궁둥이가 호박으로 변해.

사람인 줄 아무도 몰라. 귀신도 몰라. 나도 1학년 때부터 여러 번 써 먹었는데 한 번도 들킨 적이 없거든."

너무나 무섭고 가슴이 벌렁거리지만 나는 대장의 말을 되새기며 바지를 무릎까지 내리고 납작 엎드렸다.

그리고 망태기를 뒤지는 순간.
오~ 이럴 수가?

그토록 정성스럽게 준비한 꼬챙이가 없어진 것이다. 멍청하게 아까 수박을 담다가 흘린 것이 틀림없다.

이를 어쩌나? 이런 결정적인 순간에 제일 중요한 호박 꼭지를 잃어버리다니?

그걸 똥꼬에 꽂아야만 비로소 변신술이 완성되며 호박으로 변할 수 있는 건데.

어디선가 꼬챙이에 발라 둔 고소한 참기름 냄새가 코를 간질이지만 이 어둠 속에서 그 작은 꼬챙이를 찾는다는 것은 불가능한 일.

무언가 다른 방법을 찾아야만 한다. 언제까지나 계속 이렇게 땅바닥만 더듬거리고 있을 수는 없지 않나?

그래! 계획대로 되는 작전이란 별로 없다. 그래서 언제나 임기응변이 필요한 법.

궁하면 통한다고, 나는 작은 수박 줄기 하나를 이빨로 물어뜯어 침을 잔뜩 바른 후 재빨리 똥구멍에 뱅뱅 돌려 꽂았다.

아무리 생각해도 내가 아니면 해낼 수 없는 기발한 아이디어였다.

"뿡뿡 호박, 뿡뿡 호박, 뿡뿡 호박."

그렇게 급히 주문을 세 번 외우고 나서 엉덩이를 하늘 높이 들어 올리니.

오! 별빛 아래 은은하게 빛나는 우아하고 아름다운 호박이도다!
진짜 호박보다도 더 호박답도다!
나는 이제 살았도다!

드디어 호박 변신술이 성공적으로 완성된 것이다. 불안하기만 하던 마음이 짜릿한 감동으로 뒤바뀌는 순간이다.

나는 호박이지 사람이 아니다. 이제 이대로 꼼짝 않고 가만히 있기만 하면 된다.

그런데 수박 줄기가 까칠까칠 너무 거칠어서 똥구멍이 긁혔는지 무지 따끔거린다.

설마 수박 줄기에 무슨 가시가 달린 것은 아니겠지?

그래도 호박 변신술 덕분에 내가 여기에 숨어 있다는 것을 아무도 모르고 있는 게 틀림없다.

형들은 모두 다 도망갔고.
고래 아저씨는 그런 형들을 잡으러 쫓아갔고.
날카로운 호루라기 소리와 종횡무진으로 번쩍거리던 손전등 불빛들도 모두 사라졌다.

이제 여기는 나 혼자뿐이다. 잠깐 사이에 수박밭에는 다시 풀벌레 소리만 요란할 뿐, 언제 무슨 일이 있었느냐는 듯 적막감마저 감돌고 있다.

저기 반딧불이 무리가 떼를 지어 날아간다. 그런데 하필이면 그 자체로 뿔난 도깨비 형상이다.

게다가 날갯짓에 불빛이 보였다 안 보였다 하면서 괜히 사람을 무섭게 한다.

제발 이쪽으로는 오지 마라. 그 불빛에 호박 들킬라.

아니? 저것들이 이쪽으로 오고 있네?
저리 가. 저리 가.

* * *

10분? 20분?
벌써 이러고 있는지 시간이 꽤 많이 흘렀다.

이젠 간간이 들리던 "잡아라!" 하는 소리도 들리지 않는다.

상황 끝! 다행스럽게도 모두들 무사히 탈출을 했나 보다.

다 도망가고 혼자만 남아서 호박에 수박 줄기를 달고 엎드려

있으려니까 무릎도 아프고, 허리도 아프고, 괜히 마음도 불안해
지기 시작한다.

혹시 똥구멍에 꼽혀 있는 수박 줄기가 몸속에 뿌리를 내려 영
양분을 빨아 먹으면 어떻게 하나?

영양실조에 걸려 차츰 말라 죽는 게 아닐까?
그렇게 꼬챙이를 잘 챙겼어야 했는데.

그리고 또 하나 작은 문제가 생겼다.
가스는 원래 위쪽으로 몰리나 보다.

엉덩이를 하늘 높이 쳐들고 있으니까 방귀가 나오면서 수박 줄
기가 자꾸 빠지려고 한다. 그래서 아까부터 양손으로 번갈아가며
붙들고 있는 중이다.

수박 줄기가 빠져 버리면 마술이 풀릴 텐데, 그러면 어떻게 되
는 걸까?

모든 게 똥구멍에 수박 줄기를 꽂았던 최초 시점으로 되돌아가
는 걸까?

아니면 단지 호박이 궁둥이로 회복되기만 하는 걸까?

꼬챙이만 있었어도 완벽했을 텐데.
지금이라도 잃어버린 꼬챙이를 다시 찾아볼까?
그래서 바꿔 끼워 볼까?

그런데 그런 걱정이나 의문들은 오래지 않아 모두 저절로 사라져 버렸다.

한 번에 하나씩만 느낀다. 그보다 훨씬 더 큰 문제가 발생하고 있었기 때문이었다.

내가 여기에 숨어 있다는 것을 아무도 모를 줄 알았는데, 천만의 말씀.

언제부턴가 이를 알아챈 복병들이 서서히 접근을 해 오고 있었던 것이다.

아니, 그들은 처음부터 나를 주시하고 있었지만 내가 너무 긴장하고 무서워서 미처 느끼지 못하고 있었던 것인지도 모른다.

하지만 이제 시간이 지나면서 긴장이 다소 풀리자 곧바로 귓전에, 그리고 맨살에 직접적으로 와 닿고 있다.

그게 뭐냐고?

바로, 흡혈 모기떼다.

처음에는 풀벌레 소리만 요란하더니 지금 내 귓전에는 온통 앵앵거리는 모기 소리뿐이다.

숫자를 가늠하기 불가능할 정도로 엄청나게 많은 모기들이 앵앵거리며 피로 물든 잔치판에 떼거리로 몰려들고 있다.

내가 모기라면 너무 쉽고 뭔가 이상해서 일단은 멀리 숨어서 조심스럽게 상황을 지켜볼 텐데.

화장실 말고는 이렇게 궁둥이를 까고 마음껏 먹으라고 들이대는 경우는 한 번도 없었을 테니까.

그런데 얘들은 그런 거 모른다. 죽을 때 죽더라도 우선은 마음껏 먹고 보자는 주의다. 생각 같은 건 전혀 하지 않는가 보다.

하긴 화장실 안에서 안 좋은 냄새를 참아 가며 하루 종일 고객님을 기다리고 있는 모기들도 얼마나 많은데, 저 모기들 입장에서는 이게 웬 횡재란 말인가?

이런 모기 소굴에서 모기장도 없이 궁둥이를 홀랑 까고 꼼짝도 않고 있으니, 어디 너희들 맘대로 실컷 한번 먹어 보라고 밥상을 차려 준 거나 다름이 없지 않겠나?

그러니 피에 굶주린 모기들이 굳이 이를 마다할 이유가 어디 있겠나?

이대로 아까운 피를 몽땅 다 빨리고 나면 나는 어떻게 되는 걸까?

설마 말라 비틀어져서 미이라가 되는 건 아니겠지?

귀신도 모른다고 했는데 모기들이 내 궁둥이가 호박이 아니라는 건 어떻게 알아낸 걸까? 오히려 궁둥이를 집중적으로 공격하고 있지 않나?

그뿐만이 아니다. 무방비 상태인 궁둥이나 얼굴은 어쩔 수가 없다고 하더라도, 긴 옷으로 방어막을 치고 있는 팔다리와 몸통도 공격을 당하기는 마찬가지다.

소매 틈이나 바짓가랑이 틈으로 기어 들어오는 것인지, 아니면 무식하게 옷 위로 그냥 침을 꽂는 것인지는 모르지만 여기저기 온몸이 전부 다 가렵고 따갑다.

그래도 그 정도까지는 양심적인 놈들이라고 볼 수도 있다.

비겁하게 눈꺼풀만 집중적으로 물어뜯는 놈도 있고.
코나 귀나 입술만 전문으로 취급하는 녀석도 있고.
물지도 않으면서 귓구멍 속에서 계속 앵앵거리기만 하는 녀석도 있다.

하지만 분노를 자아내게 하는 진짜 나쁜 놈은 따로 있었으니.

바로 고추를 공격하는 놈이다.
양심이 있다면 최소한 긁을 수 있는 데를 물어야 할 게 아닌가?

손으로 휘저어도 보고 비벼도 보고 긁어도 보지만, 이제는 더 이상 견딜 수가 없다.

여기저기에서 피가 나고 손톱 밑에는 전부 피딱지다.

그래도 이상하게 귀신이 무섭다는 생각은 전혀 들지 않는다. 너무 가려워서 그런 것일까?

꼭 그런 것만은 아니다. 모기가 나타나기 전에도 무섭다는 느낌은 별로 없었으니까.

그보다는 여기, 이 수박밭에 있다는 게 이상하게도 내 마음을 푸근하게 한다.

왠지 저 울타리 안으로는 귀신이 들어오지 못할 거라는 생각이 든다.

울타리도 엉성하고, 모기도 무지 많고, 나 혼자뿐이고, 우리 수박밭도 아닌데 정말 이상한 일이다.

만약 여기가 수박밭이 아니라 사람의 흔적이라고는 전혀 없는 깊은 산중이었거나 허허벌판이었다면, 아마 나는 벌써 기절을 하고도 남았을 것이다.

혹시 여기는 환상의 영역이 아닐까?

이 모기들도 모두 환상 속에서만 존재하는 게 아닐까?

그런 생각을 해서 그런지 조금은 덜 가렵다는 느낌이 든다.

세상에는 아직도 내가 모르는 게 너무나 많다.

그러고 보니 제일 중요한 걸 안 물어봤다.

언제까지 이러고 있어야 하는지?

날이 밝을 때까지 계속 이렇게 궁둥이를 하늘 높이 쳐들고 있을 수는 없지 않나?

도저히 견딜 수가 없는데 이제 그만 일어나서 도망을 갈까?

도망을 가면 어디로 가야 하지?

세상은 너무나 깜깜하고 나는 집으로 가는 길도 모르는데.

어라? 웬일인지 저 멀리서 누가 이쪽으로 걸어오고 있네.

어두워서 잘 보이지는 않지만 희미한 윤곽으로 보아 아까 그 고래 아저씨가 틀림없는데.

거 이상하다. 왜 도망간 형들을 계속 따라가지 않고 이쪽으로 오고 있을까?

혼자서 그냥 오는 걸로 봐서 아마 바보같이 하나도 못 잡고 전부 다 놓쳐 버렸나 보다.

하기야 쫓아 버리기만 하면 그만이지, 반드시 잡아야 할 이유는 없겠지.

괜히 힘들게 끝까지 따라가서 한두 놈 잡아 봤자 먼지 말고는 뭐 나올 게 있어야지.

그나저나 엎친 데 덮친다고 그렇지 않아도 모기 때문에 죽을 지경인데 내가 여기에 숨어 있다는 걸 눈치 채고 잡으러 오는 게 아닐까?

그럴 리가 없는데?
절대로 사람인 줄 모른다고 했는데?

똥구멍에 생긴 상처에 피가 나서 호박이 빨개졌나?
모기에 물린 자국 때문에 호박이 너무 울긋불긋해졌나?

이렇게 어두운데 그런 게 보이려나?

가까이 오면 올수록 무섭기도 하지만, 아무래도 뭔가 이상하다는 생각이 들며 점점 더 큰 불안에 휩싸인다.

어두운데 손전등은 왜 켜지 않은 걸까?
뛰어오지 않고 왜 이렇게 소리 없이 조용히 걸어오나?

천기누설이라, 호박 변신술의 비밀이 이미 세상에 널리 알려져 버린 게 아닐까?

생각은 꼬리에 꼬리를 물고 더욱 빠르게 진행되고 있다.

대장은 이렇게 좋은 비술을 두고 왜 도망을 갔을까?
혹시 나처럼 꼬챙이를 잃어버렸나?

그리고 왜 나에게만 이 비술을 전수한 것일까?

그렇게 훌륭한 비술이라면 평생을 함께해 온 고향의 동지들을 배신하고 처음 보는 외계인에게만 알려 줄 리가 없지 않나?

또한 여기는 엄연히 수박밭인데 호박이 있으면 어떻게 하자는 것인가?

낮에는 없었던 호박이 밤에 갑자기 나타난다면 주인이 당연히 의심을 하게 될 것이다.

수박을 아무리 열심히 갈고 닦아도 호박이 될 수는 없기 때문이다.

더구나 모기들도 내 정체를 다 알고 있는데, 하물며 사람이 호박인지 궁둥인지 모른다는 것은 말이 안 된다.

'뽕뽕 호박'이라는 주문 세 번에 엉덩이가 호박으로 바뀐다니? 세상에 그런 엉터리 같은 말이 어디 있단 말인가?

내가 또 속은 게 틀림없다.

그렇지만 이제는 그걸 알았다고 해도 너무 늦었다. 지금 내가 바꿀 수 있는 건 아무것도 없다.

들킬까 봐 함부로 고개를 들 수는 없지만 숨소리랑 헛기침 소리가 점점 더 크게 들리는 걸로 봐서 벌써 매우 가까이 다가온 게 틀림없다.

더구나 원두막 쪽이 아니라 이쪽으로 오고 있으니 눈치를 채고 나를 잡으러 오는 게 확실하다.

고래 아저씨는 숨소리가 유난히 거칠고 헛기침도 자주 한다. 아마도 담배를 많이 피우나 보다.

왜 아까운 돈을 주고 건강에 나쁜 담배를 사 피우나?

당장 담배를 끊으시라고 강력하게 말씀드리고 싶지만 지금은 내가 남의 걱정이나 하고 있을 때가 아니다.

이대로 가만히 엎드려 있다가 잡히면 꼼짝없이 맞아 죽는다.

하나도 못 잡고 전부 다 놓쳐 버렸으니 얼마나 화가 났을까?

그 화풀이를 모두 나에게 해 대려 하겠지.

혹시 나를 호박으로 알고 그냥 지나친다 해도 안 좋은 건 마찬가지다.

모기 때문에 도저히 이러고 있을 수가 없으니 차라리 잘된 일인지도 모른다.

더 이상 모기에게 물어뜯기느니 도망가다가 붙잡히는 게 나을 수도 있다.

모기들은 날이 샐 때까지 피를 빨아 먹는 일을 멈추지 않겠지만, 고래 아저씨는 나랑 종류가 같은 인간이니까 어쩌면 조그만 인정이라도 베풀어 줄지 모르는 일이 아닌가?

불안감이 최고조에 이르며, 가슴이 심하게 저리고, 점점 숨이 막혀 오기 시작한다.

이제 올 때까지 온 것이다.
견딜 만큼 견딘 것이다.
달려야 한다. 지금 당장.

정말 미안하다. 수박아!

오로지 너를 차지하고야 말겠다는 일념으로 그 모진 고생을 감내하며 여기까지 왔건만, 아쉽게도 우리의 인연은 여기까지인가 보다.

나도 이러고 싶지는 않지만.
내 품에서 떠나보내기는 정말 싫지만.
언제나 그렇듯이 나는 떠나야만 하는 팔자란다.
너를 끝까지 지켜 주지 못하는 나를, 부디 용서하라.

나는 가슴에 끌어안고 있던 망태기에서 수박을 꺼내어 슬그머니 저쪽으로 굴려 버렸다.

마치 내가 딴 수박이 아닌 것처럼.
생전 처음 보는 수박인 것처럼.

아니, 그런데 이건 또 뭐야?

그렇게 애타게 찾던 꼬챙이가 망태기 속에 그대로 들어 있는 게 아닌가?

망태기가 너무 커서 찾지 못했던 것일까?

수박에 깔려 있어서 보지 못했던 것일까?

그나저나 한 번 없어졌으면 끝까지 나타나지 말아야지, 지금 나타나서 뭘 어쩌자는 거야? 앙?

가만 가만, 지금 내가 이러고 있을 때가 아니지.

나는 빠르다.
잘하면 살 수 있다.
지금도 늦지 않았다.
아직도 도망갈 수 있다.

그렇게 스스로 용기를 불어 넣은 후, 수박 꼭지를 살짝 빼 버림과 동시에 바지를 끌어올리고 용수철처럼 공중으로 튀어 올랐다.

간다. 간다. 나는 간다.
수박을 두고 나는 간다.

변신 마술은 풀렸고 이제 더 이상 여기에 호박은 없다.

＊ ＊ ＊

"저 놈 잡아라~."

내 그럴 줄 알았다. 고래 아저씨는 오로지 나를 잡기 위해서 모르는 척 시침을 뚝 떼고 조용히 다가오고 있었던 것이었다.

우렁찬 목소리가 울려 퍼지자 또다시 주변 여기저기에서 그에 호응하는 호루라기 소리가 이어진다.

"삐이익! 삐이익! 삐이익!"

소름 끼치는 호루라기 소리가 독침처럼 날아와 알알이 박히고, 동시에 온몸에 전율이 일며 정신이 몽롱해짐을 느낀다.

나는 어디로 도망가야 하는가?

무조건 뛰긴 하지만 아무리 생각해 봐도 숨을 곳도 없고 갈만한 곳도 없다.

여기저기 사방에는 온통 호루라기 소리뿐이고 내가 빠르다 해도 어른을 따돌리기에는 역부족이다.

그래도 여기서 이대로 멈출 수는 없는 일, 본능적으로 호루라기 소리가 나지 않는 쪽으로 죽자고 달린다.

고래 아저씨는 계속 따라오고 거리는 자꾸 좁혀지고, 나는 붙잡히기 일보 직전에 이르러 마지막 선택의 기로에 섰다.

왼쪽은 산, 오른쪽은 저수지가 기다리고 있었으니.

산이냐? 저수지냐?

금방 결정할 수 있었다. 망설여도 될 만큼 여유가 있는 것도 아니었다.

산에서는 호루라기 소리가 메아리가 되어 울려 퍼지고 정체를 알 수 없는 이상한 소리들도 들려오지만, 물에서는 아무런 소리도 들리지 않는다.

뭐든지 닥쳐 봐야 아는 법!

예전에는 어느 게 더 무서운지 전혀 모르고 살았었는데, 지금은 그 차이를 하늘과 땅만큼 너무나 확실하게 느낄 수 있다.

기절을 할 정도로 산이 훨씬 더 무섭다.

저수지도 무섭지만 그래도 그 정도는 견딜 만하다. 산에 비하면 아무것도 아니다.

그리고 제발 고래 아저씨가 헤엄을 못 친다면 나에게는 더없이 다행스러운 일이다.

좋다. 물이다.

내가 마음의 결정을 하고 물에 뛰어들려 하자 고래 아저씨가 갑자기 큰 소리로 고래고래 고함을 지른다.

"안 돼! 들어가지 마!"

그 말을 듣고 나는 오히려 큰 힘을 얻었다.
들어가지 말라니? 무슨 권리로?

내 예상대로 아저씨는 헤엄을 못 치는 게 틀림없다. 그게 아니라면 물에 들어갈 수 없는 어떤 특별한 이유가 있거나.

혹시 뽀루지가 났나?

그렇다면 아마도 포기하고 말겠지.

뽀루지가 덧날지도 모르는데 나 하나 잡아서 무슨 큰 영광을 보겠다고 굳이 옷을 벗고 물속으로 뛰어들겠나?

나는 더 이상 망설이지 않고 과감하게 물로 풍덩 뛰어들었다.

일렁이는 물결을 따라 별빛이 산산이 부서지면서 무엇인가 언뜻언뜻 나타나기 시작한다.

먹잇감을 찾아 나온 물귀신들일까?

나는 다시 한번 마음을 강하게 먹기로 했다.

물귀신? 그래 좋다! 어디 한번 부딪혀 보자.
그렇지 않아도 만나면 꼭 한번 안아 주고 싶었다.

내키지는 않지만 나는 물귀신 쪽으로 도망가려고 아무것도 보이지 않는 저수지 중앙으로 헤엄을 치기 시작했다.

바로 그때, 저 멀리서 익숙한 고함 소리와 호루라기 소리가 들려온다.

"저 놈 잡아라!"
"삐이익! 삐이익! 삐이익!"

옳다구나. 우리가 아닌 또 다른 서리꾼들이 어디엔가 무단으로 침입한 게 틀림없다.

적의 적은 나의 동지라는데 이렇게 되면 고래 아저씨도 빨리 저쪽으로 가 봐야 하는 거 아닌가?

혹시 호루라기 소리를 못 들었나?
이거 꼭 내가 나서서 말을 해 줘야 하나?

"삐이익! 삐이익! 삐이익!"

마침 또다시 들려오는 호루라기 소리!
설마 이번에도 못 들은 건 아니겠지?

그런데 뜻밖에도 고래 아저씨는 그 소리에 전혀 아랑곳하지 않고 매우 나지막하면서도 다정스런 목소리로 여유 있게 천천히 말을 건넨다.

"애야, 애들 때는 수박 서리도 하고 다 그러면서 크는 거야. 지금 안 해 보면 언제 해 보겠니? 나도 그랬고 너도 그러는 거야.
　수박 서리도 해 보지 않은 애가 커서 과연 무엇을 할 수 있을까? 용서해 줄 테니 아무 걱정 말고 빨리 나와~~."

　그 말을 들으니 더욱 안심이 된다. 고래 아저씨는 거짓말을 하고 있다.

　그 정도는 나도 안다. 용서해 줄 거라면 왜 힘들게 나를 잡으러 쫓아왔겠나?

　그냥 잘 가라고 "빠이빠이." 하며 손을 흔들고 말았겠지.

　고래 아저씨는 헤엄을 못 치거나 별로 자신이 없는 게 틀림없다. 물속에서는 애들이라고 무시했다가는 큰코다치는 수가 있으니까.

　그리고 혹시 아저씨가 헤엄을 잘 친다 해도 이제는 괜찮다. 도망가는 데는 아무런 문제도 없어 보인다.

막상 물에 들어와 잠수해 보니, 눈만 좀 따가울 뿐 깜깜한 밤이라 물속이 하나도 안 보인다.

만약 고래 아저씨가 나를 잡으러 물로 들어온다면 나는 펭귄처럼 물속으로 잠수해서 재빠르게 도망을 가 버릴 것이다.

그러면 아무리 어른이라고 해도 내가 어느 쪽으로 가고 있는지 전혀 알 수가 없을 것이다.

하느님, 감사합니다. 나는 이제 살았다. 어둠 덕분에 무사히 도망갈 수 있다는 확신이 든다.

사실은 발이 땅에 닿지만.
아니 발이 아니라 무릎이 땅에 닿지만.

수심이 매우 깊은 척 아무 말도 없이 땅을 짚고 계속 헤엄쳐 가는 시늉을 한다.

아무리 여기에 살고 있다 해도 물에 들어와 보지 않았다면 얼마나 깊은지 모를 수도 있을 테니까.

고래 아저씨가 다시 목소리를 나지막하게 깔고 말을 꺼낸다.

"얘, 너는 무섭지도 않냐? 지금이 딱 물귀신이 나올 시간이야. 내가 여기 오래 살아서 아주 잘 알아.

그동안 이 자리에서 죽은 사람이 한둘이 아니야. 이제 조금 있으면 물귀신들이 네 발목을 잡아서 물속으로 끌어당길 거야.

너도 그거 알지? 물귀신들은 사람을 잡아먹을 때 손톱으로 눈알부터 후벼 파서 먹거든.

일단 발목을 잡히고 나면 내가 도와주고 싶어도 그럴 수가 없단다.

사람은 용서할 줄 알지만 물귀신은 절대 사정을 봐주지 않거든. 이잉~~."

이잉~~?
고래 아저씨가 이상한 콧소리로 애교까지 부리고 있다.

왜 그러는 걸까?

무서운 하이드 씨가 아니고 마음씨 좋은 지킬 박사가 아닐까?

제발 그랬으면 좋겠는데.

아? 거꾸로인가? 하이드 씨가 좋은 사람인가?

뭐 아무렴 어때? 마음이 너무 급하니까 별게 다 헷갈리네.

그보다도 혹시 그게 사실일까?

물귀신들이 발목을 잡아서 물속으로 끌어당긴다는 거. 사람을 잡아먹을 때 손톱으로 눈알부터 후벼 파서 먹는다는 거.

하지만 그 정도에 겁을 먹고 돌아설 내가 아니지. 그건 물귀신들에 대한 예의가 아니지.

잠시 침묵을 지키던 고래 아저씨가 이번에는 큰 소리로 짧게 내뱉는다.

"빨리 나와. 빨리 안 나오면 나 먼저 간다. 나도 무척 바쁜 사람이야."

뭐라고? 먼저 간다고?

안 돼! 그건 말이 안 돼!

그럴 거면 처음부터 따라오지 말았어야지, 왜 따라왔어?

정말 혼자서 가 버리는 게 아닐까? 그런 생각이 들자 곧바로 온몸에 소름이 쫙~~ 돋는다.

다른 건 다 견딜 수 있어도 이건 절대 아니다.

혹시 용서해 줄지도 모른다는 생각도 해 보고, 심하게 얻어맞는다 해도 물귀신들에게 손톱으로 당하는 것보다는 훨씬 나을 거라는 생각도 든다.

바로 그때 어디선가 어둠 속에서 '풍덩' 소리가 나며 곧바로 물결이 일어난다.

이게 무슨 소리지?

고래 아저씨가 돌을 던진 것일까?

커다란 물고기가 튀어 오른 것일까?

"큰일 났다! 저게 물귀신이 나온다는 신호야.

시간이 없어, 빨리 나와!

저기 물귀신들이 쏟아져 나온다~."

고래 아저씨가 물 쪽으로 손전등을 환히 비추며 아까와는 달리 매우 큰 소리로 다급하게 말을 쏟아 내고 있다.

돌을 던진 게 아니라고?
여기는 다른 사람은 아무도 없는데?
그렇다면 정말 물귀신이?

눈부신 손전등 불빛을 따라 하얀 물안개가 무럭무럭 피어오르고 있다.

언뜻 그 물안개 사이로 피에 굶주린 시커먼 물귀신들이, 그것도 여러 마리가 동시에 나타났다.

모두 한꺼번에 나를 향해 거대한 소금쟁이들처럼 미친 듯이 물 위로 미끄러져 달려오고 있다.

오! 하느님! 제발 저 좀 살려 주세요.

"아까 말했지? 나 바쁜 사람이야.

먼저 갈게~ 안녀~엉."

고래 아저씨가 그렇게 이별을 통보하며, 갑자기 손전등을 꺼 버렸다.

순식간에 아무것도 보이지 않게 되자 눈앞이 새까매지며 정신마저 혼미해진다. 달려오던 물귀신들은 도대체 어디쯤 온 것일까?

새까만 바탕에 잔영이 겹쳐지며 어슴푸레 물귀신들이 다시 나타나기 시작한다. 귀신들이라 눈을 떠도 보이고 눈을 감아도 보인다.

이제 조금 전의 허장성세는 완전히 무너졌다.
내가 정신이 나갔었지, 감히 누굴 안아 준다는 건가?

나는 단지 1학년일뿐, 우선 이 고귀한 목숨부터 살리고 봐야겠다.

나는 물귀신들한테 붙잡힐까 봐 발목이 아리아리해져서, 뒤도 돌아보지 않고 온 힘을 다해 필사적으로 발을 차서 뿌리치며 헤엄쳤다.

아니, 내 정신 좀 봐. 뭐 헤엄을 칠 것도 없었다. 처음부터 그럴 만큼 물이 깊은 것도 아니었으니까.

그냥 벌떡 일어서서 정신없이 밖으로 막 뛰어나왔다.

"나 먼저 갈게, 안녕~~."이라고 소리치던 고래 아저씨는 다행스럽게도 물 밖에 서서 그런 나를 여유 있게 기다리고 있었다.

이제 남은 방법은 하나뿐, 어떻게든 잘 보이는 수밖에.

고래 아저씨에게 과한 칭찬의 말씀을 마구 날려야 한다. 억지 미소와 함께 감탄한 표정을 지으며.

"아저씨는 정말 꾀도 참 많으세요. 제 궁둥이가 호박이 아니라는 걸 어떻게 아셨어요? 너무나 존경스럽네요. 담배만 끊으신다면 오래오래 사실 거예요."

그러나 내 말은 언제나처럼 나오다 말고 입 안에서만 맴돌 뿐이었다.

고래 아저씨는 대답 대신 손전등을 턱 아래에 갖다 대고는 아래에서 위로 자기 얼굴을 비추었다.

얼굴이 순식간에 얼마나 무섭게 바뀌는지?
눈은 또 왜 그렇게 크게 부릅뜬 것인지?

뒤돌아보니 따라오던 물귀신들이 하나도 보이지 않는 걸로 봐
서, 놀라서 혼비백산 모두 다 도망을 가 버렸나 보다.

나는 오늘 중요한 사실을 또 하나 배웠다.
무서운 것도 법칙이 있다는 것이다.

어쩌면 이것은 '한 번에 하나씩만 느낀다.'는 법칙과 일맥상통
하는 것인지도 모른다.

그 법칙이란, '더 무서운 게 나타나면 덜 무서운 것은 곧바로 내
편이 된다.'는 것이다.

산에 사는 귀신이 제일 무섭고, 물귀신이 두 번째로 무섭고, 고
래 아저씨가 세 번째다.

그래서 좀 전에는 산귀신을 피해서 물귀신에게로 피신했던 것

이고, 이번에는 물귀신을 피해서 고래 아저씨에게 백기 투항하는 수밖에 없는 것이다.

나도 모르게 저절로 그렇게 되어 가고 있다.

좀 전에는 물귀신이 내 편이었고 이제는 고래 아저씨가 내 편이다. 누가 뭐래도 나는 사람보다 귀신이 훨씬 더 무섭다.

나는 몸을 돌려 고래 아저씨 쪽으로 향했다.

달리 선택의 여지가 없다. 여기서 우물거리다가 물귀신이 다시 돌아와 낚아채기라도 하는 날이면 내 인생은 그걸로 끝장이 나 버릴 것이기 때문이다.

만약에 고래 아저씨가 나를 내버려 두고 정말로 혼자서 돌아가 버린다면, 그 즉시 물귀신들이 떼거리로 달려들어 나는 뼈도 못 추리게 될 것이 뻔하기 때문이다.

이렇게 깜깜하고 무서운 저수지에, 그것도 딱 물귀신이 나오는 이 야심한 시각에, 고래 아저씨마저 가 버리고 없다면 나는 어떻게 될 것인가?

지금에서야 알게 되었지만, 내가 살길은 호박으로 변신하지 말고 처음부터 죽으나 사나 형들을 따라서 함께 도망가는 길 뿐이었다.

귀신도 부끄러움을 타는 것인지는 모르지만 관중이 많으면 웬만해서는 나타나지 않기 때문이다.

혹시 죽더라도 여럿이 같이 죽으면 그나마 조금은 덜 억울할 게 아닌가? 저승길이 외롭지만은 않을 테니.

그게 아니라면 어차피 나는 도망가라고 내버려 두어도 도망갈 수 없었다.

호박으로 변신해서 엎드려 있었든지, 물로 가든지, 산으로 가든지, 모두 붙잡히게 되어 있었다.

그러니까 잘 모르면 혼자서 머리 굴리지 말고, 무슨 말도 안 되는 변신술 같은 것도 펼치지 말고, 그냥 무조건 사람들이 제일 많이 가는 곳으로 따라가야 되는 것이었다.

하지만 이제는 그걸 알았다고 해도 너무 늦었다. 나는 지금 사로잡혔고 우선은 살고 봐야 한다.

이렇게 되면 비겁하지만 최후의 수단을 쓰는 수밖에.

나는 최대한 불쌍하게 보이려고 크게 울먹이며 두 손을 모아
싹싹 빌었다. 몸을 벌벌 떨면서 이빨도 딱딱거리며.

나는 더 이상 벙어리가 아니다.

"살려 주세요~~. 용서해 주세요~~.
살려 주세요~~. 용서해 주세요~~."

꼭 일부러 그런 것만은 아니다. 저수지 물도 너무 차갑고 밤공
기도 너무 차가워서, 물에서 나오고 나서부터는 나도 모르게 온
몸이 벌벌 떨리고 진저리도 나고 자꾸만 이빨이 딱딱거린다.

나는 맞아 죽을 각오를 하고 그대로 고래 아저씨를 향하여 전
진했다.

"가까이 오지 마!"

뭐야? 가까이 오지 말라니?

갑자기 고래 아저씨가 뒤로 물러서며 손사래를 친다.

설마 고래 아저씨가 나를 여기 물귀신 소굴에 내버려두고 혼자서 그냥 돌아가려는 것은 아니겠지?

설마 나를 물귀신들에게 내어 주려는 것은 아니겠지?

그건 너무나 가혹한 처벌인데.
제발 나를 잡아가야 할 텐데.
그냥 가 버리면 절대로 안 되는데.

전부 다 놓쳐 버렸는데 나 하나라도 잡아 가야 주변 사람들한테 체면이 서겠지? 그렇겠지?

"너 연기가 정말 실감이 나는구나! 실력을 인정할 테니 이제 그만하고 가자."

고래 아저씨는 이상한 말을 늘어놓으며 발길을 돌린다. 따라오려면 오고 말래면 말라는 식이다.

연기라니? 이거 연기 아니에요.

아마 고래 아저씨는 내가 얻어맞지 않으려고 연기를 하고 있다
고 생각하나 보다.

하긴 곰곰이 생각해 보니 그 말도 맞구나!

그나저나 따라갈 수도 없고 안 따라갈 수도 없으니 이제 내 운
명은 어찌되는 것인가?

'……'

그래! 망설이지 말고 따라가자.
귀신에게 당하는 것보다는 사람에게 당하는 게 낫겠지.
그럴 거라면 빨리 따라가자.

나쁜 놈들. 나를 속인 형들은 어디엔가 꼭꼭 숨어서 비참한 내
절규를 즐기며 키득거리고 있으리라.

나는 원두막으로 끌려왔다. 아니, 끌려온 게 아니라 오히려 앞
장서 왔다.

내가 또 도망가면 어쩌려고 그러는지 몰라도, 날 앞서게 하고 고래 아저씨는 뒤에서 손전등을 켜고 멀리서 천천히 따라왔다.

날 무시해도 유분수지만 그러나 분하게도 나는 도망갈 생각이라곤 눈곱만큼도 할 수 없었다.

어디 마땅히 갈 만한 곳도 없었을 뿐만 아니라 그럴 만한 용기도 사라져 버렸으며, 더 이상 달릴 기력도 남아 있지 않았기 때문이었다.

나는 한참 동안이나 물대포 처벌을 감당해야 했다.

고래 아저씨가 커다란 소방 호스를 세게 틀어 폭포수 같이 세찬 물줄기로 나를 짐승처럼 이리저리 몰아붙인 것이었다.

대포알처럼 날아오는 물줄기를 피해 두 팔로 얼굴을 감싸 보았지만 강력한 충격이 온몸 구석구석까지 전해져 오며 정신을 몽롱하게 만들었다.

바닥을 이리저리 뒹굴며 너무나도 서러워서 나도 모르게 그만 눈물을 흘리고 말았다.

백설공주

나는 원두막 옆에 있는 작은 움막으로 끌려왔다.

원두막은 사방으로 훤히 터져 있으니, 아마도 사람들이 볼 수 없는 움막에 가두어 놓고 두 번째 형을 집행하려는 게 아닐까?

땅이 흔들리는 것인가, 바람이 들어오는 것인가?
천정에 매달린 희미한 전등이 유령처럼 이리저리 흔들리며 불안을 가중시키고 있다.

이제 고래 아저씨의 처분을 기다리고 있는 중이다.

물대포는 맛보기에 불과한 것이었고 지금부터 본격적인 처벌이 시작되겠지.

설마 몽둥이로 때리려는 건 아니겠지?

나를 땅에 묻어 버리려는 건 아니겠지?

오늘이 내 제삿날이 되는 건 아니겠지?

그렇게 되면 내 제사는 누가 지내 주지?

엄마 아빠는 지금 내가 여기에 붙잡혀 있다는 것을 알고 있을까? 너무 늦기 전에 나를 구하러 와야 하는데.

하지만 알 턱이 없겠지. 형들은 모두들 곧 집으로 들어갈 테고 사라진 아이는 나 혼자뿐일 테니.

이럴 줄 알았더라면 집에서 나올 때 메모라도 남겨 둘 걸.

하느님! 자꾸 부탁드려서 정말 죄송한데, 다음부터는 절대로 도둑질을 하지 않겠사오니 속는 셈치고 이번 한 번만 더 살려 주시면 안 될까요?

왜 그런지 고래 아저씨가 아직 나를 때리지 않고 있다.

언제쯤 때리려고 아직도 안 때리는 걸까?

때리려면 빨리 때릴 것이지 가만히 있으니깐 오히려 마음이 더

불안하다.

어차피 반항하는 건 불가능하니까 맞을 각오를 단단히 하고 있는데.

급소를 맞으면 안 되니까 펀치를 커버할 마음의 준비도 이미 끝내 놓고 있는데.

조금 아파도 많이 아픈 것처럼 처절하게 비명을 지르며 나가자 빠질 준비도 되어 있는데.

아 참! 그러고 보니 수박 서리하다 잡히면 20배를 물어내야 한다는 말이 있던데.

그 말이 사실이라면 그게 훨씬 더 실속이 있지 않을까?
하나 잡으면 수박이 20개씩이니까.

그렇다면 때리지 않고 이렇게 곱게 모셔 두었다가 날이 밝으면 우리 집으로 연락해서 수박 20개 값을 받아 내려는 수작이 아닐까?

그래. 그런가 보다. 아무리 나를 쥐어짜 봤자 똥 말고는 뭐 나올 게 있어야지.

정말 그렇다면 무사히 살아서 나갈 수도 있겠구나.

이럴 줄 알았더라면 아까 수박을 쪼개서 맛이라도 볼 걸 그랬다. 맛도 못 보고 20개 값을 물어 주는 건 너무 억울하지 않나?

"저 놈 잡아라!"
"삐이익! 삐이익! 삐이익!"

뭐야? 또 다른 서리꾼들이 어디엔가 침입한 게 틀림없다. 정말 너무 한다. 밤새도록 끊임없이 입장하는구나.

그 순간, 웬일인지 고래 아저씨가 내 머리통에 코를 바짝 갖다 대고는 '킁킁' 냄새를 맡는가 싶더니.

"오우~~~~."

고개를 높이 들고는, 하늘을 우러러 정체를 알 수 없는 짐승의 울음소리를 목청껏 길게 뽑아낸다.

그리고는 나에게 수건을 휙 던져 주더니 말도 없이 어디론가 사라져 버리는 게 아닌가?

뭐야? 사냥개도 아니면서 왜 킁킁거리면서 냄새를 맡아 보는 거야?

타잔도 아니면서 왜 짐승의 울음소리를 길게 흉내 내는 거야?

지금 갓 입장한 싱싱한 서리꾼들을 잡으러 간다는 그런 의미인가?

그러면 그렇다고 말을 할 것이지. 밤새도록 무척이나 바쁘구나.

그나저나 나더러 도망을 갈 테면 어디 한 번 가 보라는 말이 아닌가? 수박이 20개나 되는데?

다시 도망갈 수 있는 절호의 찬스이긴 하지만, 그러나 더 이상 비겁하게 도망을 가는 짓은 않기로 했다.

이 움막이 마치 우리 집인 것처럼 포근한 느낌이 드는데, 이 야밤에 내가 어디로 간단 말인가?

여기를 벗어나는 순간, 온갖 귀신들이 벌 떼같이 달려들 텐데.

축사가 가까워서 그런지 어디선가 구수한 냄새가 계속해서 코를 자극한다.

나는 옷을 벗어 힘껏 물을 짜낸 후, 고래 아저씨가 건네준 수건으로 몸에 물기를 닦아 냈다.

근데 이거 냄새가 심한데 수건인가 걸레인가?

그건 잘 모르겠지만 나보다 나이가 많은 건 확실하다.

굵은 때가 밀리며 수건에 피가 조금씩 묻어나온다.
때는 알겠는데, 웬 피가?

그때서야 긴장이 풀리면서 곧바로 온 몸이 다시 가려워진다.

나는 모기에게 물린 곳마다 일일이 침을 발라 가며 열심히 긁어 댔다. 얼마나 많이 물렸는지 침이 모자랄 지경이다.

그래서 보이지 않는 등 쪽은 소처럼 누워서 바닥에 비비기로 했다. 어차피 손이 자라지도 않으니.

엄지발톱 두 개도 부서졌겠지만 피떡이 굳으며 달라붙어서 양말을 벗을 수가 없다.

나중에 따뜻한 물에 발을 불린 후 양말을 벗어 봐야 얼마나 깨졌는지 알 수 있을 것이다.

양쪽 엄지발가락이 모두 욱신거리기는 해도 그리 많이 아프지는 않다.

사람이 죽으라는 법은 없나 보다. 다 살게 되어 있다는 말이다.

"잡아라!"
"꼼짝 마라!"
"삐이익!!"

오늘은 수박 서리를 하는 날인가?

어찌된 일인지 잠이 들 만하면 여기저기서 고함 소리와 호루라기 소리가 들려오고 불빛이 번쩍거린다.

너무 시끄러워 잠을 이루지 못할 정도다.

정말 해도 해도 너무한다.

바보 같은 놈들!

최소한 그믐날은 피해야지, 밭 주인들이 모두 비상 대기 중인데 무식하게 그런 것도 모르고 수박 서리를 하러 몰려온단 말인가?

나쁜 놈들!

돈을 주고 사 먹지, 왜 남의 수박을 훔치러 오나? 세상이 이러 하니 수박밭을 경작하기도 정말 힘들겠구나.

하지만 그 정도에 잠을 설칠 내가 아니지.

아무리 무서워도.

아무리 가려워도.

아무리 시끄러워도.

그 무엇도 내 졸음을 멈출 수는 없다는 것을 이번 기회에 만천 하에 증명해 보여야지….

잠결에 느껴지는 조심스런 인기척.

꿈인가? 현실인가?

누군가 움막 안으로 소리 없이 미끄러져 들어오고 있다.

귀신이든지 사람이든지.

한식에 죽으나 청명에 죽으나.

될 대로 돼라.

천정에 매달린 희미한 전등이 앞뒤로 천천히 흔들리며 조명을 슬쩍 비추고 지나간다.

뭐야? 여자아이가 아닌가?

나보다 나이가 좀… 많아 보이는데….

물러갔던 조명이 다시 천천히 다가온다.

오~ 오~ 세상에, 저렇게 예쁠 수가?

사람이 저렇게 아름다울 수는 없을 터.

설마 귀신인가? 아까 그 물귀신?

귀신이라도 좋다. 하나도 안 무섭다.

"아빠가 가 보라고 해서 왔어엉."

움막 안에 울려 퍼지는 꾀꼬리 같은 목소리!

아빠라니? 고래 아저씨 말인가?

그녀는 백설공주를 닮았다.
아니 백설공주보다 100배는 더 예쁘다.

콩 심은 데 콩 나고 팥 심은 데 팥 난다지만, 고래가 고래를 낳
는 것은 절대로 아니로구나.

"옷을 다 벗어엉."

뭐라고? 옷을 다 벗으라고?
그게 무슨 소리야? 지금 협박을 하는 거야?
까짓 내 옷이 몇 푼이나 한다고?

도저히 이해할 수 없는 이런 상황에서, 나는 그저 가만히 누워
만 있을 뿐이다. 옷을 뺏기고 나면 나는 발가벗고 어떻게 집으로
돌아가란 말인가?

"아아아앙~~. 아아아앙~~.

빨리 벗어엉. 빨리 벗어엉."

'아아아앙~~.'은 무슨 의미인가?

특별한 의미가 있는 게 아니라 그냥 습관인가?

더는 기다릴 수 없다는 듯, 백설공주님이 내게 다가와 강제로 옷을 벗기기 시작한다.

옷이라고 해 봐야 바지 하나에 윗도리 하나가 전부다. 나에게는 소중하지만 다 팔아 봐야 빵 하나도 사기 힘들 것이다.

하지만 옷을 빼앗긴다 해도 잘못한 게 있기에 반항을 할 수는 없다.

아니, 잘못한 게 없다고 하더라도 이런 경우 꼭 반항을 할 필요는 없다고 본다.

"아아아앙~~. 뭐야앙~ 팬티를 안 입었네엥~."

아참. 그렇구나!

이거 큰일 났다.

호박 변신술 때문이라고 말을 해 줄까?
하지만 지금 상황에서는 그 어떤 변명도 소용이 없을 것이다.

나를 발가벗겨 놓은 채, 백설공주님이 내 옷을 빨고 있다. 두 손으로 비벼 가며 자꾸만 빨고 있다.

저렇게 심하게 빨면 구멍이 나거나 문드러질 수도 있을 텐데. 좀 더 살살 부드럽게 하라고 말을 해 줄까?

아, 다 끝났나 보다. 꽉꽉 쥐어짜서 줄에 널고 있다.
그래 봐야 헌옷일 뿐인데, 누가 비싼 값을 쳐 줄까?

뭐야? 다음은 내 차례인가?
바가지로 내 몸에 물을 붓는다.
따뜻한 물이다. 미리 준비했다는 말이다.

"아아아앙~~. 아프겠다앙~.
모기한테 물린 상처가 너무 너무 많당~."

"아아아앙~~. 아프겠다앙~.
세상에, 고추도 물렸넹~."

"아아아앙~~. 아프겠다앙~.
양말이 피범벅이당~."

양쪽 발에 따뜻한 물을 붓고는 조심스레 양말을 벗겨 낸다.
피떡이 굳어서 아플 줄 알았는데 하나도 안 아프다.

내 머리부터 발끝까지 비누를 칠하고 있다.
비누 아까운 줄도 모르고 마구 문지르고 있다.

이제 맨손으로 온몸을 부드럽게 마사지해 주고 있다. 비누가
이렇게 매끄러운 줄 오늘 처음 알았다.

그런데 왜 이러는 건가? 옷에 끼워서 나도 함께 팔아먹겠다는
수작인가?

묻지도 말고 따지지도 말자. 이렇게 좋은데 따지고 말고 할 게
뭐가 있을까?

아참, 큰일 났구나.
때가 많은데 어떻게 하나?
이럴 줄 알았더라면 미리 때를 밀고 오는 건데.
창피해 죽겠다. 이런 일이 생길 줄 어찌 알았겠나?

바가지로 내 몸에 물을 붓는다.
비누 거품이 씻겨 내려간다.
아쉽게도 이제 그만 서비스가 끝난 것인가?

아니다.

다시 머리부터 발끝까지 비누를 칠하고 있다.
맨손으로 온몸을 부드럽게 마사지해 주고 있다.
이제 그만할 만도 한데 자꾸만 문지르고 있다.

"아아아앙~~. 몸에 힘을 좀 빼앵. 너무 힘을 주지 마앙."

나는 알 수가 없다.
몸에 힘을 빼라는 게 무슨 말인지?

"아아아앙~~. 이제 뒤집어엉."

나는 안다. 뒤집으라는 말이 무엇을 의미하는지.
나는 몸을 빙글 돌려 엎드렸다.

이제는 좀 알 것도 같다.
힘을 **빼**라는 게 무슨 말인지.

백설공주님은 내 등짝과 엉덩이에도 똑같은 짓을 계속하고 있다.

여러 번 물을 붓고 비누칠하고 맨손으로 온몸을 부드럽게 마사
지하고 있다.

"아아아앙~~. 아프겠다앙.
똥구멍에서 피가 난당~."

똥구멍에서 피가? 왜?
아! 수박 줄기….

그러니까 백설공주님은 때를 밀고 있는 게 아니다. 단지 구석
구석 빠짐없이 부드럽게 마사지하고 있는 것이다.

"아아아앙~~. 똑바로 누워엉~."

백설공주님의 명령에 따라 다시 한번 몸을 돌려 똑바로 누웠다.

"아아아앙~~. 입 벌려엉."

백설공주님이 구운 고기 한 점을 들고 나를 유혹한다.

하지만 나는 입을 꽉 다물고 열지 않는다. 분명 무언가 꿍꿍이가 있을 거라는 합리적인 의심 때문이다.

"아아아앙~~. 빨리 입 벌려엉. 다들 밖에서 고기를 구워 먹고 있기에 몇 점 얻어 왔어엉."

"아아아앙~~. 빨리 입 벌려엉.
아아아앙~~. 빨리 입 벌려엉."

다들 밖에서 고기를 구워 먹고 있다고?
설마 귀신들이 모여서 사람 고기를 구워 먹는 건 아니겠지?

안 돼. 절대 입을 벌리면 안 돼.
입을 벌리면 무슨 일이 벌어질지 아무도 몰라.
독이 든 사람 고기를 입 속으로 집어넣을지도.

하지만 어떻게 된 일인지 나는 고기 한 점을 우물무물 씹고 있다. 아니, 너무 맛있어서 씹기도 전에 꿀꺽 넘어가 버렸다.

"아아아앙~~. 한 번 더 벌려엉.
아아아앙~~ . 빨리잉~~ 빨리잉~~."

한 점을 더 넣어 주는데 이번에는 백설공주님의 손가락에 묻은 육즙까지도 쪽쪽 빨아 먹었다.

갑자기 백설공주님이 내 가슴과 배와 넓적다리에 코를 바짝 갖다 대고 킁킁거리고 있다.

뭐야? 아빠를 닮았나?
냄새를 즐기는 것인가?

나는 집게손가락으로 백설공주님의 옆구리를 콕 찌르며 물었다. 언제나처럼 소리는 없이 입만 나불거리며.

"무슨 냄새를 맡는 거야?"

"아아아앙~~ 아아아앙~~."

옆구리 콕에 대한 응답인가? 백설공주님은 내 넓적다리를 꼬집는다. 두 번씩이나.

깜짝 놀라 몸을 움츠렸지만, 그리 아프지는 않다. 살짝 꼬집은 것이다.

아무리 살짝 꼬집어도 멍이 들지도 모르는데….
아 참. 지금 멍드는 걸 걱정할 때가 아니구나.

나는 안다. 지금 이게 무슨 상황인지.
내가 상상할 수 있는 건 두 가지.

첫째는 환상이 시작된 것이다.

환상이란 대부분은 내 맘대로 되지 않는다. 오히려 그 반대일 경우가 훨씬 더 많다.

그렇지만, 때로는 지금처럼 평소에 꿈에 그리던 일이 그대로 환상으로 나타나기도 한다.

두 번째는, 구미호가 나타났다는 것이다.

나를 깨끗이 씻어서 잡아먹으려 한다는 것이다.

아무래도 음식이 깨끗해야 더 맛이 있을 테니까.

그래서 킁킁거리며 냄새를 확인하고 있는 것이다.

어쩌면 좀 전에 내가 얻어먹은 고기가 사람의 고기일지도..

하지만 나는 안다.

설사 구미호라 할지라도 결코 거부할 수는 없다는 것을.

수많은 남자들이 전설 속에서 그랬던 것처럼.

죽을 줄 뻔히 알면서도 저토록 예쁜 여자의 유혹을 거부할 수는 없다는 것을…….

가상현실

아침이다.
새벽이다.

확실하게 기억난다.
간밤의 예쁜 백설공주님.

지금 내가 살아 있다는 것은.
지금 내가 옷을 입고 있다는 것은.
그 모든 것이 환상이었다는 말이다.

백설공주님은 구미호가 아니라 환상이었다는 말이다.

가상현실!

어쩌면 이제부터는 내가 원하는 것을 모두 환상으로 체험할 수도 있다는 말이다.

아니, 한 걸음 더 나아가 내가 원하든 아니든 모두 환상으로 체험할 수도 있다는 말이다.

나는 정말 그런 높은 단계에 도달한 것인가?
그렇다면 오늘 밤 백설공주님을 한 번 더 부르는 건 어떨까?
아니, 매일 밤 부르는 건 어떨까?

그거 좋지. 오케이.

믿을지 모르겠지만, 아침이 오고 원두막에서 풀려날 때까지 나는 한 대도 맞지 않았다. 이상하게 고래 아저씨가 단 한 대도 때리지 않았던 것이다.

게다가 나를 아무 조건도 없이 그냥 풀어 주었다. 우리 집으로 연락해서 수박 20개 값을 받아 낼 수도 있었을 텐데.

왜 그랬을까?

처음부터 오고 싶지 않았는데 속아서 오게 되었다는 것을 알고 있는 것일까?

수박을 슬쩍 옆으로 굴려 버렸기 때문에 내가 수박을 땄다는 것을 모르고 있는 게 아닐까?

내가 단지 길을 잃어서 어쩌다 보니 수박밭으로 들어오게 되었다고 생각하는 것일까?

아니면 내가 이 동네의 누구랑 많이 닮아서 헷갈리기라도 하는 것일까?

거참 이상한 일이다. 그게 아니라면 고래 아저씨는 마음씨가 너무 착해 빠진 게 틀림없다.

내가 걱정할 일은 아니지만 마음씨가 너무 착하기만 해서는 먹고살기 힘들다고 하던데.

갑자기 고래 아저씨가 너무 불쌍하다는 생각이 든다. 덩치가 커서 먹는 양도 무척이나 많을 텐데.

날이 뿌옇게 밝아 고래 아저씨가 이제 그만 가 보라고 말했을 때.

나는 사냥꾼이 놓아준 토끼처럼 뒤로 주춤주춤 물러나다가 아무런 말도 하지 못하고 그냥 몸을 돌려 고랑을 따라 달려 나오고 말았다. 고맙다는 인사라도 했어야 했는데.

"호박아, 잘 가거라!"

오히려 고마운 고래 아저씨가 먼저 내 뒤통수에 대고 큰 소리로 인사를 했다.

'고맙습니다. 고래 아저씨. 언젠가 기회가 되면 꼭 신세를 갚겠습니다.'

뒤도 돌아보지 않은 채, 나는 언제나처럼 마음속으로만 그렇게 지키지도 못할 유식한 헛말을 했을 뿐이었다.

그리고 본의는 아니지만 나는 끝까지 신의를 지켰다. 풀려날 때까지 어느 누구의 이름도 불지 않았다.

왜냐고? 배신을 당했으면서? 이용만 당했으면서? 바보같이 그런 형들을 위해서 신의를 지킬 필요가 뭐 있느냐고?

그런 게 아니다. 나에게 물어보지도 않았지만, 물어보았다 해도 결과는 마찬가지일 수밖에 없었다.

나는 불과 며칠 전에 여기로 이사를 왔기 때문에 어느 누구의 이름도 알지 못하고 있었다.

대장은 처음부터 그런 나를 수박밭에 홀로 남겨 두고 싶었던 것이다. 자신들의 안전을 위해서 수박밭 주인에게 바칠 제물이 필요했을 테니까.

처음 이사 와서 누가 누군지도 모르고.
누군지 안다고 해도 벙어리라 말도 할 수 없을 테고.
1학년이라 귀신이 무서워서 도망도 못 갈 테고.
혹시 도망간다 하더라도 길도 모르고 다리도 짧아서 제일 먼저 붙잡히게 될 나를 호박으로 둔갑시켜 먹잇감으로 던져 넣은 것이었다.

또 속은 것이다.

괜히 잘해 주거나.

너무 쉽거나.

뭔가 이상하면.

다시 한번 생각해 봐야 하는데.

황송하고 들뜬 마음에 바보같이 너무 쉽게 속아 넘어간 것이다.

따지고 보면 여기 수박 서리에 따라온 1학년도 나뿐이고, 말도 안 되는 호박 변신술을 펼친 사람도 오로지 나 혼자뿐이지 않나?

다른 녀석들은 전부 다 똑똑한데 어리석게도 왜 만날 나만 속아 넘어간단 말인가?

그렇지만 미리 알았다고 해도 바뀔 건 아무것도 없었다. 속거나 속아 주거나 둘 중에 하나니까.

똑똑한 체하며 가지 않겠노라고 잘라 말했더라면 다시는 형들과 친해질 수 없을 뿐만 아니라 앞으로 두고두고 보복을 당하게 될 테니까.

그러니까 말하자면 선택의 여지가 없는 신고식이었던 셈이다.

지금 생각해 보면 1학년이 수박 서리를 한다는 것은 처음부터 말도 안 되는 일이었다.

앞으로는 1학년들은 절대로 그런 걸 하지 못하도록 미리 법으로 정해 놓았으면 좋겠다.

수박 서리는 3학년 이상, 또는 4학년 이상만 할 수 있다는 그런 법을.

아니지. 내가 몰라서 그렇지, 그런 법이 벌써 정해져 있는지도 모른다. 그래서 고래 아저씨가 법에 따라 나를 그냥 보내 준 것인지도.

그렇지 않다면 왜 수박 20개를 그냥 풀어 주었겠나?

그나저나 없어진 신발 한 짝을 꼭 찾아야 할 텐데.
분명히 저수지에서 잃어버린 것 같은데.
제발 물 밖에 있어야 할 텐데.
발톱이 많이 깨져서 집까지 맨발로 걸어간다는 건 생각조차 하기 싫은데.

어라? 그런데 저수지가 밤새 이쪽으로 이사 왔나? 수박밭을 벗어나자마자 채 10m도 못 간 곳에 저수지가 있다?

어떻게 그럴 수가? 나는 그래도 한 100m쯤? 200m쯤? 그렇게 꽤 멀리 도망가다가 붙잡힌 줄로 알았었는데 알고 보니 진짜 바로 코앞에서 붙잡혔던 것이었다.

그래도 혹시 누가 물어보면 10m는 너무 창피하니까 아주 멀리 1,000m도 넘게 도망가다가 정말 아슬아슬하게 붙잡혔노라고 그렇게 말해야겠다.

그리고 밤에는 엄청 큰 줄만 알았던 저수지가 지금 보니까 너무 웃긴다. 손바닥만 한 게 이삼십 미터도 안 되어 보인다.

잘하면 폴짝 건너뛰겠다. 저수지가 아니라 차라리 웅덩이라고 하는 게 낫겠다.

이런 데 물귀신이 살고 있다니, 이건 뭔가 이상하다. 너무 비좁아서 내가 물귀신이라도 이런 데는 절대로 살지 않겠다.

저기 물안개 사이로 뭔가 시커먼 게 보인다. 지난밤에 보았던 물귀신들이 틀림없다.

섬뜩하긴 하지만 이제는 날이 밝아서 하나도 안 무섭다.

이것들이 아직도 밤인 줄 알고 있나?
날이 훤히 밝은 줄도 모르나?

바로 그때 산들바람에 물안개가 옆으로 살살 밀리면서 물귀신들이 서서히 정체를 드러낸다.

뭐야 이거? 어떻게 이럴 수가?

두 눈을 부릅뜨고 자세히 살펴보니 그렇게 무서웠던 물귀신들의 정체는 단지 커다랗고 시커먼 거품 덩어리들이었다.

어이없게도 물귀신들이 아니라 단지 어둠의 마술이었을 뿐이었던 것이었다.

그런데 저수지 물 위에 웬 거품 덩어리들이? 게다가 물 색깔도 너무 시커멓고?

혹시 저수지에서 원유가 솟아 나오는 것인가?

내가 처음 발견한 것인가?

그러면 나에게도 이익배당이 돌아오는 것인가?

꼬마 재벌이 탄생하는 순간인가?

그게 아니라 땅 주인 좋은 일만 시켜 준 꼴인가?

이런 경우, 법이 어떻게 되나?

무언가 이상한 생각이 들어 이리저리 둘러보니.

오, 세상에. 저건 또 뭐란 말인가?

축산오폐수처리장!

커다란 간판에 '축산오폐수처리장'이라고 적혀 있네.

그렇다면 여기가 저수지가 아니라 오폐수처리장이란 말인가?

내가 간밤에 이 오폐수처리장에서 수영을 즐겼었단 말인가?

아무리 어둡고 긴장했어도 내가 그것도 모르고 잠수까지 했었다는 말인가?

어쩐지 바닥도 물컹거리고, 물도 끈적끈적하고, 눈도 따갑고, 비린내도 나고, 맛도 없더라니.

어디선가 풍겨 오는 이 구수한 냄새의 정체를 이제야 알겠구나.

착한 고래 아저씨가 나를 멀리하고 심하게 물대포를 선물한 이유를 이제야 알겠구나.

아~ 예쁜 백설공주님이시여.
백설공주님은 환상이 아니라 현실이었군요.

백설공주님이 비누 마사지를 해 준 이유를 이제야 알겠군요.
내 몸에 코를 들이대고 킁킁거리며 냄새를 맡은 이유를 이제야 알겠군요.

하지만 아무리 그래도 도둑놈이나 다름없는 나에게 그토록 극진한 서비스를?

세상에는 나보다 더 착한 사람도 존재한다는 데 전적으로 동의합니다만, 그렇다 해도 나에게는 영원히 풀 수 없는 미스터리로 남겠군요.

아~ 너무나 착한 고래 아저씨와 백설공주님이시여!
두 분을 영원히 잊지 않겠나이다.

그나저나 망신도 이런 망신이 어디 있나?

앞으로 무용담에서 호박 변신술과 오폐수처리장은 아예 입도
벙긋하지 말고 절대 없던 것으로 해야겠다.

가만가만…. 그리되면 백설공주님도 없던 것으로 해야 하나?
가상현실 속에서 가끔 불러내는 건 안 될까?

아! 저기 내 신발 한 짝이 떨어져 있구나.

정말 다행이다. 신발을 못 찾았더라면 집에까지 한쪽은 맨발로
걸어가야 될 뻔했는데.

아! 그 옆에 내 망태기도 떨어져 있네.
망태기는 미처 생각도 못 하고 있었는데.

그렇다면 망태기 안에 꼬챙이도 그대로 있으려나?
찾기만 하면 곧바로 부러뜨려 버릴 거야!

집으로 가는 길이 어딘지 알 수는 없지만 일단은 모퉁이를 돌았다.

한시라도 빨리 시야에서 사라져 주는 게 아직도 나를 지켜보고 있는 착한 고래 아저씨에 대한 최소한의 예의인 것 같았기 때문이다.

그래야 고래 아저씨도 안심하고 볼일을 볼 게 아닌가?

어라? 그런데 이건 또 무슨 일?

저 앞 길목에 와글와글 모여 있는 게 혹시 우리 동네 형들과 누나들이 아닌가?

하나, 둘, 셋, 넷, 다섯, 여섯, 일곱, 여덟, 아홉!

대장을 비롯해서 한 명도 빠짐없이 모두 다 나와서 현수막까지 두 손으로 높이 쳐들고 나를 열렬히 환영해 주고 있지 아니한가?

웬 돈으로 현수막까지? 회비로?

그게 아니라 혹시 나 말고 다른 사람을 위한 행사인가?

아닌데. 이리저리 둘러봐도 여기는 분명히 나 혼자뿐인데.

나만 제물로 남겨 두고 걸음아 날 살려라 도망갔던 연놈들이 어째서?

다들 지금쯤 집에서 쿨쿨 자빠져 자고 있을 줄 알았는데.

내가 잘못 본 것일까?
저들이 저기에 있어야 할 아무런 이유도 없지 아니한가?
단지 닮은꼴들인가?

아니다. 다른 형들은 몰라도 대장 형만큼은 틀림이 없다.

아, 저기 2시간짜리 뻥쟁이 형도 확실하게 기억이 난다. 그들은 절대 닮은꼴들이 아니다.

그러면 또 다시 환상이 보이는 것인가?

아니다. 이것은 분명히 현실이다. 그동안 내가 보았던 환상들은 모두 영상이 희미했으며 오래지 않아 사라져 버린다는 공통점이 있었다.

그러나 이번에는 아무리 봐도 영상이 매우 또렷하며 사라지지도 않는다. 그러니 이것은 환상이 아니라 현실이 틀림없다.

그렇다면 이 모든 것이 처음부터 대장이 새로 이사 온 나를 환영해 주기 위해서 기획한 이벤트였단 말인가?

어쩐지 그런 냄새가 나더라니!

그럼 나는 후계자 테스트에 합격을 한 것일까?
사실 그런 것에는 별로 관심이 없는데.

하지만 지금 상황으로 봐서는 무조건 사양만 해서는 안 될 분위기다.

때로는 굴러온 돌이 박힌 돌을 빼낼 수도 있는 일이니, 떠날 때까지라는 조건부로라도 일단은 수락을 해야 할지도 모르겠다.

그렇지만 아무리 그렇다 해도 이렇게 수박밭 가까이에서 이러고 있다니? 여기 있다가 주인에게 들키면 어쩌려고?

그리고 내가 이 시간쯤 풀려난다는 건 어떻게 알아낸 걸까? 길도 모르는 내가 이리로 오리라는 건 또 어떻게 알아냈고?

가만 가만! 그럼 혹시 주인하고도 미리 짜고 했던 이벤트란 말인가? 주인하고도 잘 아는 사이인가?

하긴 시골이라는 게 이웃 마을 사람들도 촌수를 따지고 보면 대부분 친척간일 테니 그럴 만도 하겠다.

교통도 불편한데 괜히 멀리까지 시집갈 필요가 뭐 있었겠나? 그냥 서로 가까운 동네로 오고 가고 말았겠지.

그렇구나! 이제야 모든 게 이해가 된다.

출발할 때 대장 형의 연설 중에 첫 번째가 "밭 주인에게 절대로 피해를 주지 말라."는 것이었다.

아니, 수박 서리를 하면서 어떻게 밭 주인에게 피해를 주지 말라는 것인지?

멋있게 보이려고 괜히 한번 해 보는 소리가 아닐까 생각했었는데 그냥 빈말이 아니었던 것이었다.

어쩐지 고래 아저씨가 나를 한 대도 때리지 않고.
내가 누구인지 묻지도 않고.
도망간 형들의 이름을 캐묻지도 않고.
아침에 누룽지까지 끓여 주더라니!

이게 상식적으로 이해가 될 일인가?

형들이 나를 그저 한낱 제물로만 여기는 줄 알았는데 정말 몸을 둘 바를 모르겠고 쑥스럽고 미안해 죽겠다.

나는 주인공에서 제물로, 다시 제물에서 주인공으로 귀환한 것이다.

형들의 진심을 알고 나니 잠시나마 오해했던 나 자신이 한없이 부끄럽고 창피하다.

여태까지 이사 다니면서 만날 나를 때리거나 못살게 구는 놈들뿐이었는데.

단 한 번도 이렇게 융숭한 대접을 받아 본 적이 없었는데.

내가 지금까지 알고 있었던 것과는 달리 이 세상에는 이처럼 착한 사람들만 모여 사는 동화 속에나 나올 법한 별난 세상도 분명히 존재하는 것이다.

아직도 세상에는 내가 모르는 게 참 많구나.

너무나 감격스러운 나머지 나는 눈물에 겨워 손을 흔들면서 그들에게로 힘껏 달려갔다.

그런데 가까이 다가가서 보니 현수막이 헝겊으로 만든 게 아니라 커다란 달력 종이를 뜯어서 만든 거다.

하긴 그렇지!
무슨 돈이 있어서 비싼 헝겊으로 만들었을까?

모두 3장인데 그나마 1장은 거꾸로 들고 있어서 고개를 갸우뚱하고서야 읽을 수 있었다.

'다시는'

'하지 않겠습니다.'

'수박 서리를'

* * *

뭐야 이게??

어? 가까이서 보니 그들 뒤에 무섭게 생긴 어른이 커다란 몽둥이를 들고 의자에 앉아 있는 게 아닌가?

그때서야 나는 무슨 일인지 알아차리고 그 자리에 멈춰 서서 슬그머니 손을 내렸다.

모두 탈출에 성공한 줄 알았었는데, 그게 아니라 한 사람도 빠짐없이 몽땅 다 붙잡혔던 것이었다.

9명 × 20개씩= 180개

이거 계산 맞나?

수박밭 주인은 쉽게 수박 180개를 팔아 치운 것이다. 그것도 물건도 건네주지 않고.

그렇다면 완전히 거저먹겠다는 수작이 아닌가?

주객전도. 이렇게 되면 누가 도둑놈인지 알 수가 없구나.

나쁜 놈들. 이 모든 것이 완전히 계획적이었구나.

일부러 울타리를 허술하게 만들어서 사람을 유혹해 놓고는, 일단 들어왔다 하면 두당 20개 값을 뜯어내려는 수작이었구나.

그러니 굳이 법을 어겨 가면서 1학년인 나까지 잡아들일 필요는 없었던 것이리라.

수박 서리 완전 실패!

누가 수박 서리를 "그까짓 거."라고 말했나?

큰일 날 소리! 모든 일에는 다 전문가가 있는 법!

수박 서리…. 그거 절대로 아무나 하는 게 아니었다.

하지만 그렇다 해도 나로서는 정말 좋은 경험이었다.

비록 수박은 맛도 보지 못한 채 서리에 실패하고 말았지만, 이렇게 무사히 살아서 내 발로 걸어 나갈 수 있다는 것만 해도 얼마나 다행스러운 일이란 말인가?

비록 중간에 붙잡히기는 했어도 결과적으로 나 혼자만 탈출에 성공한 셈이니, 이 어찌 크나큰 영광이라 아니할 수 있겠는가?

어쩌면 이것은 호박 변신술의 덕분인지도 모른다. 내가 알지 못하는 신비로운 힘이 호박 변신술에 숨겨져 있는 것인지도.

그래! 착한 고래 아저씨의 말씀처럼 지금이 아니면 언제 내가 수박 서리를 해 보겠나?

또한 언제 호박 변신술을 펼쳐 보일 것이며.
언제 오폐수처리장에서 수영을 해 볼 것이며.
언제 백설공주님께 특별 전신 마사지를 받아 보겠나?

애들이 다 그러면서 크는 거지.

턱이라도 빠질 것처럼 입이 크게 벌어지며 하품이 길게 나온다.

너무 늦게 자고 너무 일찍 일어났다. 눈이 따갑고 눈물이 나오고 머리가 어지럽고 세상이 비스듬해 보인다.

집으로 가는 길이 어디일까?
지나다니는 사람도 없는데 누구에게 물어봐야 하나?

그냥 나 혼자 가 버릴까?
아니면 못난 형들이 풀려나기를 기다려야 하나?

어차피 길도 모르고 새로 이사 온 우리 동네의 이름도 모르는데, 의리를 핑계로 기다려 주는 수밖에.

오! 마침 해가 뜬다.
반가운 해가 뜬다.

지난밤에 무슨 일이라도 있었느냐는 듯 시침을 뚝 떼고, 저기 멀리 산 위에서 아침 해가 **빼꼼히** 얼굴을 내밀기 시작했다.

하긴 해님은 지구의 반대편에 있었으니 간밤의 파란만장한 사정을 알 리가 없겠지.

너무나 눈이 부시다. 강렬한 태양을 마주 보며 만들어진 붉은 잔상들이 내 눈앞에 지옥 불처럼 어른거린다.

이제 그만 쓸데없는 고집을 버리고 부릅뜬 눈을 감아야 할까보다. 더 이상 버티다가는 눈이 멀어 버릴지도 모르겠다.

"빰빠라빰~."
"우와~."

바로 그 순간.

갑자기 커다란 축제의 팡파르가 울려 퍼지는가 싶더니, 저기 숲속에서 거대한 애드벌룬이 찬란한 아침 햇살을 받으며 하늘 높이 두둥실 떠오르는 게 아닌가?

놀랍게도 그 아래에는 수많은 텐트들이 즐비하고, 사람들이 우렁찬 환호성을 지르며 와글와글 붐비고 있으니, 이건 또 무슨 일이란 말인가?

"이리 와. 같이 밥 먹으러 가자."

어럽쇼? 저기 포로로 잡혀 있던 형과 누나들이 손짓을 하며 나를 부른다.

그리고는 함께 손에 손을 잡고 왈츠 춤까지 추면서 그 대열에 합류하고 있다.

설마 주인공인 나를 위해서 아침밥까지 준비했단 말인가?
저 수많은 사람들이 전부 엑스트라들이란 말인가?

나를 위한 환영 행사에 저렇게 많은 사람들이 동원되었다는 말인가?

게다가 형형색색의 저 수많은 텐트들은?
수박밭에 웬 텐트들이?

모두들 텐트를 치고, 밤새 이 순간을 기다렸다는 말인가?
단지 나를 위해? 환영 행사를 위해?

말도 안 되는 소리! 우리 동네 사람들을 전부 다 끌어모아도 반의반도 못 채울 텐데.

나도 형들을 따라가서 같이 맛있는 밥을 먹고 싶은 생각이 굴뚝같지만 나는 아무런 생각도 없는 모기들과는 다르다.

이건 뭔가 너무 이상하다. 아무리 생각해 봐도 도무지 앞뒤도 맞지 않고 현실에서는 도저히 있을 수 없는 일이 벌어지고 있다.

그렇다면 혹시 이게 꿈은 아닐까?
꿈속에서는 꿈인 줄 모른다는데.
깨어나야만 안다는데.

"아야!"

꼬집으면 아프다. 이건 절대 꿈이 아니다.
눈을 크게 부릅뜨고 다시 살펴봐도 나는 분명히 깨어 있다.

그럼, 혹시 착각?
아직 잠이 덜 깨서 수박이 사람 머리통으로 보이는 걸까?

아니다. 수박이라면 줄무늬가 있어야 하는데 줄무늬는 보이지 않고 대신 머리에 털이 가득하다.

물론 간간이 반질 머리도 있지만, 수박에 털이 달려 있을 리 없으니 저건 사람 머리통들이 맞다.

그럼, 현실도 아니고 꿈도 아니고 착각도 아니라면 지금 내가 보고 있는 것은 뭐란 말인가?

이 모든 것들이 전부 환상이란 말인가?

그래! 아무래도 그런가 보다. 아무리 생각해 봐도 그것 말고는 달리 마땅한 이유가 없다.

조금 전 강렬한 태양을 마주 보며 만들어진 붉은 잔상들이 두 눈을 멀게 하는 순간, 나는 또다시 새로운 환상의 세계에 빠져든 게 틀림없다.

그래! 언제부턴가 나는 환상을 볼 수 있는 초능력이 있다는 것을 스스로 알고 있었다.

그동안은 주로 외계인이나 귀신, 천당, 지옥에 관한 것들이었다.

다만 이번에는 대상이 전혀 새로운 것이라는 것과, 그 영상이 너무나도 또렷할 뿐만 아니라 계속해서 길게 이어지고 있다는 사실이 전과 확연하게 다를 뿐이다.

눈이 부시다는 것을 감안하더라도 어떻게 이럴 수가 있단 말인가?

환상을 실제처럼 볼 수 있다니?

이것은 앞으로 내가 미래를 볼 수 있으리라는 것을 의미하는지도 모른다.

그동안 꼭꼭 감추어져 있었던 나의 초능력이 드디어 이 세상에 그 존재를 드러내는 역사적인 순간을 맞이하게 된 것이다.

세상 모든 일이 그러하듯 현실과 환상의 경계도 원래 이처럼 불분명한 게 아닐까?

그렇다면 그 경계는 어디일까?
도대체 언제부터 이 환상이 시작되었단 말인가?

형들이 현수막을 쳐들고 이벤트를 시작할 때부터?

백설공주님께 마사지를 받을 때부터?

피에 굶주린 물귀신들에게 쫓길 때부터?

말도 안 되는 호박 변신술을 펼칠 때부터?

금단의 울타리를 넘어 수박밭으로 기어 들어올 때부터?

물구나무를 서서 세상을 거꾸로 바라볼 때부터?

낯선 이 행성으로 이사를 올 때부터?

아니면, 더 거슬러 올라가서 내가 세상에 태어날 때부터?

뭐야? 내가 세상에 태어날 때부터라니?

그렇다면 나와 관련된 모든 것들이 처음부터 끝까지 전부 다 환상이었다는 말인가?

어쩐지 그동안 무대가 너무 자주 바뀌더라니.

어느 날 문득 눈을 떠 보면 새로운 행성이고.

또 어느 날 아침 일어나 보면 또 다른 낯선 행성이고.

옛날 기억들은 가짜인 것처럼 모두 가물가물하기만 하고.

그리고 벙어리도 아닌 내가 말을 제대로 하지 못한다는 게 말이나 되나?

보이지 않는 그 무엇이 내 입을 틀어막고 있는데, 현실 세계라면 그런 일이 있을 수 있겠는가?

그럼 이 모든 것을 지켜보고 있는 나는 누구인가?
단지 환상 속에서만 존재하는 가상의 인물이라는 말인가?
환상의 세계에서 영원히 빠져나가지 못한다는 말인가?
아무리 애를 써도 현실로 돌아갈 수는 없다는 말인가?

갑자기 격한 감정으로 가슴이 뭉클해지며 눈물이 왈칵 쏟아지려 한다.

나는 세상이 공평하지 못하다는 것을 감사하게 생각해 왔다.

공평하기만 해서는 지구도 탄생하지 못했을 것이고.
나 또한 세상에 태어나지도 못했을 것이고.
앞으로 인생역전이나 복권에 당첨되리라는 희망도 품을 수 없을 테니까.

그러나 이건 완전히 차원이 다른 문제다.

누구는 현실 세계에 태어나고 누구는 환상의 세계에 태어나다니.

아무리 그래도 이런 불공평이 또 어디 있단 말인가?

그게 아닌가?
환상의 세계가 훨씬 더 흥미진진한 곳인가?
모든 사람들이 동경하는 고차원의 세상인가?
오히려 내가 그런 시공간을 초월하는 특혜를 누리고 있다는 말
인가?

아~ 모든 게 너무나 헷갈린다.

아직도 사라지지 않고 있는 저 애드벌룬과 수많은 엑스트라들
을 보라.

하느님! 저는 지금 환상의 세계에 있는 것입니까?
진정 그런 것입니까?

바로 그때 들려오는 예쁜 누나의 목소리.

"아 참, 어젯밤 스트립쇼 구경 잘했어."

"아하하하. 오호호호.

아하하하. 오호호호.
아하하하. 오호호호.
아하하하. 오호호호."

뭐라고? 무슨 스트립쇼?

아~ 그렇구나.
호박 변신술을 말하는 거구나.

그렇다면 내가 벌거벗은 채 엉덩이를 하늘 높이 올리고 똥꼬에 수박 줄기를 꼽고 엎드려 있는 것을 구경하고 있었다는 말이 아닌가?

형들뿐만 아니라 예쁜 누나들까지도 모두 함께 손에 손을 잡고 구경을 하고 있었다는 말이 아닌가?

아~~ 이렇게 쪽팔릴 수가?

좋다. 까짓것.
이왕 이렇게 된 것. 거기까지는 참을 수 있다.

하지만 만약 호박 변신술을 말하는 게 아니라면?

백설공주님의 마사지 쇼를 말하는 거라면?

안 돼. 그건 절대로 안 돼.

또다시 시작되는 가슴의 통증.

점점 숨이 막혀 오고 있다.

언젠가 깊은 물에 빠졌을 때처럼 숨을 쉴 수가 없다.

무언가 해야만 한다.

이 엄청난 혼란과 불안과 초조를 끝내기 위해서.

이 모든 환상에 종지부를 찍기 위해서.

그래, 저기 높은 나무 꼭대기에 기어올라 아래를 향해 아낌없이 몸을 날리자.

이제 더 이상 가슴도 저리지 아니하고.

숨도 막히지 아니하고.

바보처럼 속지도 아니하고.

말도 마음대로 잘할 수 있는.

그런 따뜻하고 아름다운 세상을 맞이하게 되리라.

여기는 환상 속이니 새처럼 하늘을 날 수 있을 거야.
그렇겠지?

…….

아니라고?
그러다 정말 큰일 난다고?

무슨 수로 저 높은 나무에 올라가지?
아무래도 이상한데, 그냥 참는 게 좋겠다.
나도 이제는 철이 들었나 보다.

…….

그때, 문득 애드벌룬에 길게 매달린 대형 현수막이 산들바람에
펄럭이며 내 눈길을 잡아끈다.

무심코 바라보니 현수막에는 이렇게 적혀 있는 게 아닌가?

'서리꾼 대환영'
'수박 서리체험 야영장'

그리고 그 아래에는 이런 글도 적혀 있었다.

'10명 이상 단체, 50% 파격 할인.'